R. L. Stine • Bitte lächeln!

OMNIBUS

Foto: © privat

DER AUTOR

R.L. Stine wurde 1943 in einem kleinen Vorort von Columbus/Ohio geboren. Bereits mit neun Jahren entdeckte er seine Liebe zum Schreiben. Seit 1965 lebt er in New York City, wo er zunächst als Lektor tätig wurde. Seine ersten Bücher waren im Bereich Humor angesiedelt. Seit 1986 hat sich R. L. Stine, der sein Büro mit einem Skelett und einigen afrikanischen Masken teilt, jedoch ganz den Gruselgeschichten verschrieben. 1992 kam für ihn mit der Kindergruselserie »Gänsehaut« der ganz große und weltweite Erfolg.

DIE SERIE

»Gänsehaut« ist Kult! Bisher in 16 Sprachen übersetzt, wird »Gänsehaut« (GOOSEBUMPS) weltweit als beliebteste Kinderbuchserie gefeiert. Die Zeitung *USA Today* hat 1999 ermittelt, dass R.L. Stine der erfolgreichste Kinderbuchautor aller Zeiten ist. Wie lässt sich dieser außergewöhnliche Erfolg erklären? Ganz einfach: R.L. Stine erzählt nicht nur gruselige Geschichten, sondern bringt seine Leser auch zum Lachen. Mit dieser besonderen Mischung hat er erreicht, dass – dies belegen zahlreiche Briefe an den Autor – viele Kinder, die sich bis dato nicht sonderlich für Bücher interessiert haben, zu Lesern geworden sind.

R. L. Stine

Bitte lächeln!

Aus dem Amerikanischen
von Katarina Ganslandt

OMNIBUS

Band 20923

Siehe Anzeigenteil am Ende des Buches für eine Aufstellung der bei OMNIBUS erschienenen Titel der Serie.

Der Taschenbuchverlag für Kinder
Verlagsgruppe Random House
München Berlin Frankfurt Wien Zürich

Umwelthinweis:
Dieses Buch wurde auf chlorfrei gebleichtem Papier gedruckt.

Deutsche Erstausgabe November 2000
Gesetzt nach den Regeln der Rechtschreibreform
Die Originalausgabe erschien unter dem Titel
»Goosebumps #44: Say cheese an die – again«
bei Scholastic, Inc., New York

Published by arrangement with Scholastic Inc.,
555 Broadway, New York, NY 10012, USA.

Übersetzung: Katarina Ganslandt
Lektorat: Janka Panskus
Umschlagkonzeption: Klaus Renner
bm · Herstellung: Stefan Hansen
Satz: Uhl + Massopust Aalen
Druck: Clausen & Bosse, Leck
ISBN 3-570-20923-7 · Printed in Germany

www.omnibus-verlag.de

10 9 8 7 6 5 4 3

1

»Greg Banks!«

Mir lief es kalt über den Rücken, als Mr. Saur meinen Namen sagte. Ich war immer tiefer in meinem Stuhl in der letzten Reihe gerutscht, um mich hinter Brian Webb zu verstecken. Das ist das Riesenbaby, das vor mir sitzt.

Mit gefalteten Händen hatte ich inbrünstig gebetet, dass Mr. Saur mich nicht aufruft und mich auffordert, als Nächster mein Referat zu halten.

»Greg Banks!«, sagte er noch einmal.

Mir lief es wieder kalt über den Rücken. Als ich mich vom Stuhl hochrappelte, begannen meine Beine zu zittern. Meine Kehle war wie zugeschnürt. Ich bekam fast keine Luft mehr.

Ich hasse es, vor der ganzen Klasse zu reden. Besonders wenn ich nicht viel Zeit habe, mich vorzubereiten. Wir durften uns noch nicht mal Stichpunkte machen. Und dann hing auch noch die *Hälfte* unserer Englischnote von diesem Referat ab.

Ich räusperte mich und trottete nach vorn. Auf halbem Weg streckte mir Donny Greene plötzlich seinen weißen Riesenturnschuh entgegen, um mir ein Bein zu stellen.

Ich strauchelte – fiel aber nicht hin. Trotzdem brüllte die ganze Klasse vor Lachen.

Mr. Saur sah Donny ungehalten an. »Sag mal, Donny, musst du eigentlich jedem, der an dir vorbeigeht, ein Bein stellen?«, fragte er.

»Ja«, erwiderte Donny mit ungerührtem Gesicht. Natürlich lag die Klasse vor Lachen gleich wieder am Boden.

Alle finden Donny zum Brüllen komisch. Alle außer Mr. Saur.

Mr. Saur findet niemanden komisch. Deshalb nennen wir ihn auch Sauertopf. Aber ich bin mir ziemlich sicher, dass er auch *das* nicht komisch finden würde!

Mr. Saur ist groß und hager und fast kahlköpfig. Er macht nie Witze, lächelt niemals und hat immer einen so verkniffenen Zug um den Mund, als hätte er gerade in eine Zitrone gebissen.

Mr. Saur ist an der Pitts Landing Middle-School berüchtigt. In seine Klasse will keiner. Meine besten Freunde – Michael, Bird und Shari – haben Schwein gehabt. Sie sind bei Miss Folsom. Nur ich hatte das Pech, bei Sauertopf zu landen.

Ich stellte mich neben das Lehrerpult und räusperte mich wieder. Ich fragte mich, ob die anderen sehen konnten, wie mir die Knie schlotterten. Mein Gesicht war heiß und meine Hände waren eiskalt.

Macht es andere Kinder eigentlich auch so nervös, vor der ganzen Klasse zu reden?

Mr. Saur faltete seine bleichen, knochigen Hände, legte sie vor sich aufs Pult und knackte mit den Knöcheln. »Okay, Greg, dann lass die Klasse mal hören, was du zu unserem Thema ›Eine wahre Geschichte‹ vorbereitet hast.«

Ich räusperte mich zum tausendsten Mal und holte tief Luft. Dann begann ich zu erzählen, was mir und meinen Freunden in den letzten Sommerferien passiert war:

»Also, ich und meine Freunde, Bird, Michael und Shari, hingen so rum, hatten nichts zu tun und waren ziemlich gelangweilt. Irgendwann kamen wir auf die Idee, so eine Art Mutprobe zu machen, und stachelten uns gegenseitig dazu an, uns in das Coffman-Haus zu schleichen.«

Mr. Saur unterbrach mich mit einer Handbewegung. Er zog seine übliche säuerliche Miene. »Das Coffman-Haus? Was ist das?«

»Das ist ein Spukhaus!«, platzte Donny Greene heraus.

»Donnys trautes Heim!«, sagte Brian Webb leise, aber doch so laut, dass jeder es mitkriegte. Alle lachten.

Mr. Saur mahnte die Klasse mit erhobenen Händen zur Ruhe und machte sein strenges Zitronengesicht.

»Das ist so ein verlassenes, altes Haus ganz in der Nähe«, erklärte ich. »Jedenfalls sind wir reingegangen. Im Keller haben wir eine alte Kamera gefunden. Und von der handelt meine wahre Geschichte. Die Kamera hatte nämlich unheimliche Kräfte.«

Mr. Saur stöhnte und verdrehte die Augen. Ein paar aus der Klasse kicherten, aber ich holte noch mal tief Luft und fuhr mit meinem Referat fort.

»Es war eine Sofortbildkamera. Die Fotos kamen gleich unten aus einem Schlitz raus. Aber auf den fertigen Bildern war nie das drauf, was man fotografiert hatte. Stattdessen bildeten sie immer irgendwelche schrecklichen Szenen ab.

Ich habe die alte Kamera mit nach Hause genommen und den neuen Kombi von meinem Vater damit geknipst. Als das Foto rauskam, war der Wagen darauf nur noch Schrott. Totalschaden. Ein paar Tage später hatte mein Dad dann wirklich einen schlimmen Unfall. Das Foto ist Wirklichkeit geworden.«

Ich schaute mich in der Klasse um, um zu sehen, wie meine Geschichte ankam. Ein paar der Kinder lachten. Andere starrten mich stirnrunzelnd an und schienen zu überlegen, ob sie mich ernst nehmen konnten.

Brian Webb versuchte mich aus der Fassung zu bringen, indem er beide Zeigefinger tief in die Nasenlöcher steckte und sie wild darin herumdrehte. Er hält sich für superwitzig, dabei ist er bloß widerlich.

»Ich habe einen Schnappschuss von meinem Freund Bird Arthur gemacht«, fuhr ich fort. »Beim Baseball. Bird hat gegrinst und sich in Pose gestellt, aber auf dem Foto lag er bewusstlos am Boden. Ein paar Minuten später hat einer der Spieler einen Ball geschlagen, der Bird voll am Kopf getroffen hat. Er ist ohnmächtig umgekippt. Genau wie auf dem Foto.«

Aus den hinteren Bankreihen ertönte nervöses Kichern. Als ich aufsah, blickte ich in eine Menge ratloser Gesichter. Brian hatte immer noch die Finger in der Nase. Ich wandte mich ab. Ich wollte ihm auf keinen Fall den Gefallen tun zu lachen.

Mr. Saur saß mit aufgestützten Ellenbogen am Tisch und verbarg seinen runden, kahlen Kopf in den Händen. Da er sein Gesicht verdeckte, konnte ich nicht abschätzen, wie er mein Referat fand.

»Und dann passierte etwas richtig Gruseliges«, erzählte ich weiter. »Ich hatte die Kamera zur Geburtstagsparty von Shari Walker mitgenommen. Ich machte ein Foto von ihr, wie sie neben einem Baum stand. Als das Bild rauskam, war zwar der Baum drauf – aber keine Spur von Shari. Es war, als wäre sie unsichtbar oder so. Und kurz darauf ist sie wirklich verschwunden.«

Ein paar meiner Mitschüler schnappten nach Luft. Andere lachten. Mr. Saur hatte sein Gesicht noch immer in den Händen vergraben.

»Ein paar Tage später ist Shari wieder aufgetaucht«, fuhr ich fort. »Aber wir hatten echt Angst bekommen und wollten die Kamera nicht mehr behalten. Also haben wir sie wieder ins Coffman-Haus zurückgebracht. Und da tauchte plötzlich dieser komische schwarz gekleidete Typ auf, der die Kamera erfunden hatte. Er erzählte uns, dass sie verflucht sei und …«

Mr. Saur sprang auf. »Das reicht!«, fuhr er mich an.

»Wie bitte?« Ich war mir nicht sicher, ob ich ihn richtig verstanden hatte.

In der Klasse wurde es mucksmäuschenstill.

Mr. Saur schüttelte den Kopf. Dann kniff er seine wässrigen, braunen Augen zusammen und sah mich an. »Tja, Greg«, sagte er. »Ich habe schlechte Neuigkeiten für dich.«

2

Es klingelte zur Mittagspause.

»Wir machen morgen mit den Referaten weiter«, verkündete Mr. Saur. »Ihr könnt gehen.«

Man hörte polterndes Stühlerücken, als alle aufstanden. Ich sah zu, wie die anderen ihre Hefte und Taschen packten und zur Tür strömten. Der Freiheit entgegen.

Am liebsten wäre ich ihnen nachgelaufen. Aber Mr. Saur hatte seine kalten Augen so starr auf mich gerichtet, dass ich mich nicht zu rühren wagte.

Ich wartete, bis das Klassenzimmer sich geleert hatte, und sah ihm dann in sein zitronensaures Gesicht. »Also, was sind das für schlechte Neuigkeiten?«, fragte ich mit zusammengebissenen Zähnen.

»Ich gebe dir eine Sechs«, erklärte Sauertopf.

»Was?«

»Deine Leistung ist ungenügend, Greg.«

Ich spürte, wie meine Knie nachgaben. Ich musste mich an dem Kreideschälchen an der Tafel festklammern, um nicht wie ein zitterndes Häufchen Elend am Boden zusammenzubrechen. »A… aber … aber … warum denn?«

Er verschränkte die dürren Arme über dem gelben Lacoste-Polohemd, das er trug. Ich wünschte mir, der Alligator würde zum Leben erwachen und ihn ins Kinn beißen.

»Tja, Themaverfehlung, mein Lieber«, sagte er ruhig.

»Aber … aber …« Ich hielt mich noch mehr am Kreideschälchen fest. Meine Knie zitterten so sehr, dass ich nicht mehr gerade stehen konnte.

»Du solltest eine *wahre* Geschichte vortragen, Greg«, sagte Mr. Saur streng. »Und kommst mir mit diesem verrückten Märchen. Dein Verhalten ist wirklich kindisch. Ich weiß nicht, was du dir dabei gedacht hast!«

»Aber die Geschichte *ist* wahr!«, stieß ich verzweifelt hervor. »Die Kamera ...«

Er brachte mich mit einer Geste zum Schweigen. »Kindisch!«, wiederholte er. »Stellst dich einfach hin und erzählst uns diesen albernen Quatsch, den du wahrscheinlich in irgendeinem deiner Comic-Heftchen gelesen hast!«

»Mr. Saur ...!«, wehrte ich mich. Ich ließ das Kreideschälchen los und ballte die Hände zu Fäusten. »Sie müssen mir glauben. Es gibt diese Kamera wirklich. Ich habe mir das Ganze nicht ausgedacht.«

Ich holte tief Luft und gab mir Mühe, leise und ruhig zu reden. »Sie können ja meine Freunde fragen. Die sind bei Miss Folsom in der Klasse und können Ihnen erzählen, dass es wirklich so passiert ist.«

»Natürlich, natürlich.« Er grinste mich höhnisch an. »Ich bin mir sicher, dass deine Freunde mir genau das erzählen werden, was du ihnen vorsagst.«

»Aber ich schwöre Ihnen ...!«, versuchte ich es erneut.

Mr. Saur schüttelte den Kopf. »Nein, du hast die Aufgabe nicht ernst genommen, Greg. Du hast dich lustig darüber gemacht. Dafür muss ich dir eine Sechs geben.«

Ich stöhnte laut auf und ballte die Fäuste noch fester.

Ruhig bleiben, Greg, ermahnte ich mich. Ganz ruhig bleiben.

Aber wie sollte ich ruhig bleiben? Eine Sechs hatte ich einfach nicht verdient. Und ich brauchte doch dringend eine gute Note.

Es ging quasi um Leben und Tod!

»Bitte, Mr. Saur – Sie dürfen mir einfach keine Sechs geben!«, jammerte ich. Am allerliebsten wäre ich vor ihm auf die Knie gefallen und hätte um Gnade gebettelt. »Sie versauen mir mein ganzes Leben!«

Er starrte mich kalt an und sagte kein Wort.

»Wenn ich keine bessere Note bekomme, darf ich in den Ferien meine Cousins nicht besuchen«, erklärte ich. »Verstehen Sie? Meine Cousins wohnen in Kalifornien, in der Nähe vom Yosemite-Nationalpark und meine Eltern haben mir versprochen, dass ich im Sommer hinfahren darf, wenn ich bei Ihnen in Englisch eine gute Note bekomme.«

Er rührte sich nicht. Seine Miene blieb steinern. Er zuckte mit keiner Wimper.

»Wenn Sie mir eine Sechs geben, sitze ich den ganzen Sommer in Pitts Landing fest!«, rief ich verzweifelt.

Endlich löste sich Mr. Saur aus seiner Erstarrung. Über sein Gesicht huschte ein widerwärtiges Grinsen. Seine wässrigen, braunen Augen blitzten. »Na, dann hast du ja mehr als genug Zeit, dir noch mehr verrückte Geschichten auszudenken.«

Er wandte sich von mir ab und begann etwas in sein kleines schwarzes Notenbüchlein zu kritzeln.

»Mr. Saur – bitte!«, flehte ich. »Sie müssen mir glauben. Die Geschichte ist wirklich so passiert. Ich habe sie mir nicht ausgedacht. Bitte …«

Er sah kurz von seinem Buch auf. »Gut. Dann beweise es mir.«

Mir klappte die Kinnlade runter. »Was?«

»Bring die Kamera her«, sagte er. »Bring sie her und beweise mir, dass sie diese unheimlichen Kräfte hat. Liefere mir den Beweis dafür, dass deine Geschichte wahr ist – andernfalls bleibt es bei der Sechs.«

Ich starrte ihn entgeistert an. War das etwa sein Ernst?

Er warf mir einen herausfordernden Blick zu. Dann scheuchte er mich mit beiden Händen aus dem Raum. »Geh in die Pause, Greg. Vielleicht nimmst du meine Aufgabe das nächste Mal ernster.«

Ich klaubte meine Sachen zusammen und hängte mir den Schulranzen über eine Schulter. Während ich langsam aus dem Klassenzimmer ging, zermarterte ich mir das Hirn.

Sollte ich wirklich noch mal in dieses gespenstische alte Haus gehen und die Kamera holen?

Nein. Auf keinen Fall.

Die Kamera war zu gefährlich. Sie machte mir Angst. Sie war *verhext.*

Aber ich brauchte eine gute Note. Und zwar dringend.

Was sollte ich nur machen?

3

Meine Freunde saßen bereits an unserem Stammtisch in der Ecke unserer Schulkantine. Ich knallte mein Tablett seufzend auf den Tisch und verschüttete dabei die Hälfte meines Kakaos.

»He, Greg – was hast du?« Bird schaute von seinem Sandwich auf. Sein Kinn und seine Backen waren total mit Eiersalat verschmiert.

»Sag mal, isst du das Sandwich eigentlich oder wälzt du dich darin?«, wollte Shari von ihm wissen.

»Hä?« Bird verstand nicht.

Michael blies die braune Papiertüte auf, in der sein Sandwich gewesen war, und ließ sie zwischen seinen Händen zerplatzen. Danach drückte er mit einem Faustschlag den Kakaokarton flach. Das macht er immer so. Zuerst stürzt er den Kakao runter und dann zerdrückt er den Karton. Niemand weiß so recht, was das soll.

Michael ist ein bisschen komisch.

Ich ließ mich in meinen Stuhl fallen, fing aber nicht an zu essen. Ich schaute noch nicht mal auf mein Tablett, sondern starrte einfach auf die Wand, bis die grünen Kacheln zu einem Schleier verschwammen.

»Was hast du denn?«, wiederholte Bird seine Frage. Jetzt klebte sogar auf seiner Stirn Eiersalat! Ich möchte mal wissen, wie er das immer schafft.

Eigentlich heißt Bird ja Doug Arthur. Aber er sieht aus wie ein Vogel und deshalb nennen ihn alle »Bird«. Selbst seine Eltern.

Bird hat kleine, eng stehende, vogelartige braune Augen und eine lange schnabelähnliche Nase. Auf seinem Kopf sprießt ein kurzer Schopf fedriger brauner Haare. Außerdem ist er groß und schlaksig und federt beim Gehen auf und ab wie ein Flamingo.

Michael bohrte den Zeigefinger durch sein Sandwich. Er hat die Angewohnheit, immer ein Loch durch die Mitte des Brots zu popeln und es dann von innen nach außen zu essen. »Hast du einen schlechten Tag, oder was?«

»Das kannst du laut sagen«, murmelte ich.

Shari trug ein hellblaues T-Shirt und ausgebleichte Jeans. Sie warf ihre schwarzen Haare nach hinten und machte sich daran, die roten Salamischeiben von ihrem Pizzastück zu zupfen. »Los, Greg, spuck's schon aus«, drängte sie mich, ohne aufzusehen.

Ich holte tief Luft. Dann erzählte ich ihnen, was in Englisch passiert war.

Bird ließ sein Sandwich auf den Tisch fallen. »Sauertopf hat dir das nicht geglaubt?«, rief er und klatschte sich empört auf die Stirn. Als er seine Hand wieder wegzog, klebte Eiersalat an den Fingern.

»Wie wär's, wenn wir zu ihm hingehen und ihm sagen, dass alles stimmt«, schlug Shari vor.

Ich schüttelte den Kopf. »Euch wird er genauso wenig glauben«, stöhnte ich.

»Aber wir haben es doch mit eigenen Augen gesehen!«, protestierte Michael. »Wir wissen, dass es wahr ist.«

»Genau. Dann steht es vier gegen einen«, stimmte ihm Bird zu, der sich den Eiersalat vom T-Shirt wischte. »Dann *muss* er uns glauben.«

»Wird er aber nicht«, seufzte ich. »Ihr kennt Sauertopf doch. Er will, dass ich ihm die Kamera bringe und ihm beweise, dass sie verhext ist.«

»Aber das geht nicht!«, riefen Michael und Shari wie aus einem Munde.

Ich schaute über sie hinweg auf Brian und Donny, die mich vom Nachbartisch aus angrinsten. Brian und Donny sind die dicksten Jungs an der Pitts Landing Middle-School. Wir nennen sie immer Sumo eins und Sumo zwei, weil sie beide ein bisschen aussehen wie Sumo-Ringer.

Natürlich hat noch niemand sie direkt Sumo eins und Sumo zwei genannt. Wenn Donny und Brian sauer werden, hocken sie sich einfach auf dich drauf und zerquetschen dich wie einen Käfer.

Und jetzt saßen sie nur einen Tisch weiter und grinsten frech. Als sie sahen, dass ich sie bemerkt hatte, deuteten sie mit den Fingern kleine Kameras an und hielten sie sich vor die Augen.

»Klick! Klick!«, rief Brian. »Schau, ich habe eine verhexte Kamera!«

»Sag *cheese*!«, brüllte Donny. »Sag *cheese* – und stirb! Har har har!«

»Klick, klick, klick!« Die beiden fanden sich wahnsinnig komisch.

»Achtung – gleich kommt das Vögelchen!«, johlte Donny.

»Achtung – gleich kommt das Spatzenhirn!«, kreischte Brian.

Sie warfen die Köpfe in ihre feisten Nacken, lachten wie die Wahnsinnigen und klatschten sich gegenseitig auf die Hände.

»Sehr witzig, Jungs«, sagte ich und verdrehte die Augen. »Echt sauwitzig.«

»Ich sehe euch schon als Komiker auf der Bühne stehen«, rief Michael. »Ihr könnt ja schon mal anfangen, indem ihr euch in die Ecke stellt!«

Niemand lachte. Über Michaels Witze lacht nie jemand. Sie sind einfach nicht witzig. Ehrlich gesagt sind sie sogar peinlich.

Michael hat kurzes rotes Haar, blaue Augen und sein ganzes Gesicht ist mit Sommersprossen übersät. Richtig dick ist er nicht – aber dünn kann man ihn nun auch nicht gerade nennen.

Ich denke immer, dass er es eines Tages allen zeigen wird und einen Witz erzählt, der *nicht* total lahm ist.

Aber mir war im Moment sowieso nicht nach Witzen zu Mute. Immerhin standen meine Sommerferien auf dem Spiel. Meine drei Freunde wussten alle schon, wohin sie fahren würden. Ich wollte auf gar keinen Fall drei ganze Monate mutterseelenallein in Pitts Landing hocken und mich zu Tode langweilen!

Wenn ich Mr. Saur die Kamera bringen musste, um ihm zu beweisen, das ich die Wahrheit gesagt hatte … dann würde ich es eben tun!

Shari musste meine Gedanken gelesen haben, denn sie griff über den Tisch nach meinem Arm. »Greg – tu's nicht«, sagte sie. »Die Kamera ist zu gefährlich.«

Bird nickte. »Ich gehe jedenfalls nicht noch mal in dieses Gruselhaus«, sagte er kopfschüttelnd. »Nie wieder.«

»He – warum fragst du nicht deinen Bruder?«, stieß Michael plötzlich hervor.

Ich drehte mich verwirrt zu ihm um. »Was soll ich ihn fragen?«

»Arbeitet er nicht im Fotogeschäft?«, meinte Michael.

Ich nickte. Mein älterer Bruder Terry jobbte nach der Schule in Kramers Fotokiste. »Ja, stimmt. Er hat einen Job im Entwicklungslabor bei Kramers. Und?«

»Na, vielleicht kann Terry dir eine alte Kamera aus dem Laden ausleihen«, schlug Michael vor. »Die kannst du Mr. Saur zeigen und behaupten, es wäre die unheimliche Kamera.«

»Die Sache hat nur einen Haken«, sagte ich zu ihm. »Ich muss ihm beweisen, dass die Kamera verhext ist. Wie mache ich das?«

Michael zog ein nachdenkliches Gesicht. Und schwieg.

»Es hat keinen Sinn«, seufzte ich. »Wir müssen schon die echte Kamera holen.« Ich schaute mich in der Runde um. »Wer kommt mit?«

Niemand antwortete. Bird war schwer damit beschäftigt, Reste von Eiersalat unter den Nägeln hervorzupulen. Shari wickelte sich eine schwarze Haarsträhne um den Finger. Michael starrte auf den Boden.

»Ich bin überwältigt. Mit so vielen Bewerbern hätte ich nicht gerechnet«, brummte ich.

Immer noch rührte sich keiner.

»Ich brauche die Kamera ja bloß für einen Tag«, setzte ich hinzu. »Dann bringen wir sie wieder zurück und lassen sie für immer dort.«

Niemand reagierte. Bird richtete seine kleinen Knopfaugen an die Decke und pfiff leise vor sich hin.

Ich sah sie verächtlich an. »Okay. Wenn ihr solche Weicheier seid, dann gehe ich eben allein.«

»Hol sie nicht«, warnte mich Shari. »Nicht mal für einen Tag. Sonst passiert irgendwas Schreckliches. Ich bin mir ganz sicher.«

Hätte ich doch nur auf sie gehört!

4

Vom restlichen Nachmittag kriegte ich kaum etwas mit. Ich glaube, ich bin in Geschichte abgefragt worden und danach spielten wir in der Turnhalle Volleyball. Soweit ich mich erinnere, hat mir dabei irgendjemand den Ball an den Kopf geworfen.

Ob es wehgetan hat? Ob ich kurz aussetzen musste?

Ich habe wirklich keine Ahnung.

In Musik wurde ich von Miss Jakes dabei erwischt, wie ich mit abwesendem Gesichtsausdruck aus dem Fenster starrte. Sie nahm an, das hätte etwas mit dem Unfall beim Volleyball zu tun, und wollte mich zur Schulschwester schicken.

Aber ich versicherte ihr, dass es mir gut ginge. Mir sei gar nichts passiert – sagte ich. Ich hätte bloß ein bisschen vor mich hin geträumt.

Ich erzählte ihr nicht, dass ich mir in Wirklichkeit den Kopf zerbrach. Über die verhexte Kamera, die im Coffman-Haus versteckt war.

Ich schmiedete Pläne, mich nach dem Abendessen nach draußen zu stehlen und mit dem Rad den Hang zu dem verlassenen alten Haus hinaufzufahren. Dort würde ich in den Keller schleichen – und die Kamera aus dem Geheimfach in der Wand holen.

Ich werde dem alten Sauertopf schon beweisen, dass

die Kamera verhext ist. Und dann wird er bereuen, dass er so ungerecht war!, dachte ich voller Bitterkeit.

Brian und Donny und die anderen, die über mich gelacht hatten, werden sich noch umschauen!

Ich stellte mir vor, wie Sauertopf zerknirscht sein Notenbuch hervorkramen, die Sechs durchstreichen und dafür eine Eins hinschreiben würde.

Das waren die Sachen, die mir durch den Kopf gingen. Und ich dachte über Shari, Michael und Bird nach. Ich nahm es ihnen nicht krumm, dass sie Angst hatten. Ich hatte ja selbst Angst. Ich nahm mir fest vor, kein Risiko einzugehen. Ich würde die Kamera zwar mit in die Schule nehmen, aber keine Fotos damit machen.

Nur – wie sollte ich Mr. Saur dann beweisen, dass die Kamera verhext war?

Ich grübelte und grübelte. Dann kam mir die Idee: Ich würde das leere Klassenzimmer ablichten, die Schulkantine oder die Turnhalle, solange niemand drin war.

Und sofort nachdem Mr. Saur die Sechs in eine Eins verwandelt hat, bringe ich die Kamera wieder zurück, versprach ich mir selbst. Ich lege sie wieder in ihr Versteck und hole sie nie wieder heraus.

Nach der Schule machte ich mich auf die Suche nach Shari. Sie wohnt direkt neben mir und wir gehen meistens zusammen nach Hause. Aber ich konnte sie nirgends entdecken.

Während ich die Straße überquerte und einen Flaschendeckel vor mir herkickte, der im Rinnstein gelegen hatte, sann ich weiter über meinen Plan nach.

Ich war etwa einen halben Block weit gekommen, als ich hinter mir Stimmen hörte. »Greg! He – Greg!«

Zwei Hände packten mich von hinten an den Schultern und wirbelten mich herum.

Brian Webb!

»Donny und ich waren im Coffman-Haus!«, verkündete er grinsend und hielt mich fest. »Wir haben die verhexte Kamera gefunden!«

»Sag *cheese*!«, kreischte Donny.

Er hielt sich die Kamera vors Auge und blitzte mir direkt ins Gesicht.

5

Ich stieß einen heiseren Schrei aus und schloss geblendet die Augen.

Gleich wird irgendwas ganz Grässliches mit mir passieren, schoss es mir durch den Kopf.

Auf dem Foto wird man mich sehen, wie ich furchtbare Schmerzen erleide. Mich in Krämpfen winde. In Todesgefahr schwebe. Und kurz darauf wird genau das Wirklichkeit werden!

Als ich die Augen wieder öffnete, wieherten Brian und Donny vor Lachen und klatschten sich triumphierend gegenseitig auf die Handflächen.

Ich starrte auf die Kamera, die Donny in den Händen hielt.

Eine gelbe Pappkamera. Eine dieser billigen Wegwerfkameras.

Es war gar nicht die unheimliche Kamera. Die alte Kamera aus dem Coffman-Haus.

»Super Witz, Jungs«, sagte ich spöttisch. Ich blinzelte ein paar Mal, damit die gelben Punkte auf meiner Netzhaut verschwanden. »Ihr seid echt zum Brüllen!«

»Nein, *du* bist der wahre Witzbold!«, grinste Brian. »Die Geschichte, die du heute in der Klasse erzählt hast, war urkomisch.«

»Ja, damit hast du wirklich *alle* zum Lachen gebracht«, stimmte Donny ihm zu.

Ich sah sie wütend an. Mein Herz klopfte laut. Sumo eins und Sumo zwei. Die beiden waren wirklich so fett, dass sie zu zweit beinahe die Sonne verdeckten!

Mir war klar, dass sie mich weiternerven und noch ein paar Witze auf meine Kosten reißen wollten. Vielleicht hofften sie sogar auf eine Prügelei.

Aber ich hatte keine Zeit, mich mit ihnen zu prügeln.

»Vielleicht vergeht euch morgen ja das Lachen«, murmelte ich. Dann drehte ich mich um und rannte über die Straße nach Hause.

Beim Abendessen starrte ich nur auf meinen Teller. Ich war so nervös, dass ich keinen Bissen runterbrachte. Mein Magen war wie zugeschnürt.

»Gib mir mal die Kartoffeln«, forderte mein Bruder Terry mich auf. Er hatte den Mund voller Hähnchen.

»Das sind keine Kartoffeln, sondern Steckrüben«, korrigierte meine Mutter ihn.

Terry zuckte mit den Schultern. »Na gut, die nehm ich auch.« Er häufte sich einen Berg davon auf den Teller und beförderte sie mit Blitzgeschwindigkeit in seinen Mund.

»Lass dir Zeit, Terry«, ermahnte mein Vater ihn. »Du isst so schnell, dass du überhaupt nicht weißt, was für ein Essen du zu dir nimmst!«

»Klar weiß ich das«, widersprach Terry. »Abendessen!«

Mom und Dad lachten.

Terry sieht mir sehr ähnlich. Er hat blonde Haare, grüne Augen und dieses leicht vertrottelte Grinsen. Wir könnten fast Zwillinge sein, außer dass er sechzehn ist – vier Jahre älter als ich.

»Warum hast du es denn so eilig?«, fragte Mom ihn.

Terry rülpste. »Verzeihung.« Er leckte sich das Hühnerfett von den Fingern. »Ich muss noch mal in den Laden. Heute sind eine Menge Sonderaufträge gekommen. Ich habe Mr. Kramer versprochen, noch ein paar Stunden im Labor dranzuhängen.«

»Du lernst in deinem Job sicher eine Menge übers Fotografieren, was?«, fragte Dad.

»Ja. Klar.«

Bitte nicht!, dachte ich. *Bitte redet jetzt bloß nicht übers Fotografieren!*

Mir reichte es schon, dass ich mich kurz nach dem Abendessen in das verlassene alte Haus schleichen musste. Ich hatte absolut keine Lust, jetzt auch noch über Kameras oder Fotografieren nachzudenken.

Terry schob quietschend seinen Stuhl zurück und sprang auf. Er warf seine fettige Serviette auf den Tisch. »Ich muss los. Bis später!« Er hechtete zur Tür.

»Musst du denn keine Hausaufgaben mehr machen?«, rief Mom ihm nach.

»Nö!«, rief er aus der Diele. »In der High-School kriegt man keine Hausaufgaben mehr auf!« Die Haustür knallte hinter ihm zu.

»Komiker!«, schmunzelte mein Vater kopfschüttelnd.

Plötzlich schien den beiden wieder einzufallen, dass ich auch noch mit am Tisch saß. »Greg – du hast dein Hähnchen ja gar nicht angerührt!«, sagte Mom und schaute auf meinen vollen Teller.

»Ich habe nach der Schule schon so viel Süßkram gegessen«, schwindelte ich. »Irgendwie habe ich gar keinen Hunger mehr.«

»Deine Mutter und ich wollen nach dem Essen übrigens bei Alana vorbeischauen«, erzählte mein Vater.

Alana ist die Schwester meiner Mutter. »Sie ist immer noch nicht wieder ganz gesund. Kommst du mit?«

»Äh ... lieber nicht«, sagte ich und suchte fieberhaft nach einer Ausrede. »Ich habe Massen von Hausaufgaben auf. Kann gut sein, dass ich den ganzen Abend dran sitzen muss.«

Eigentlich lüge ich Mom und Dad nur ungern an – außer es geht nicht anders.

An diesem Abend ging es nicht anders.

»Wie stehst du eigentlich dieses Halbjahr in der Schule?«, erkundigte sich Mom.

»Ja. Gute Frage.« Dad sah mich interessiert an. »Pete und Alice haben heute Nachmittag angerufen und gefragt, ob du sie im Sommer in Yosemite besuchen kommst. Ich habe ihnen gesagt, das hinge von deinem nächsten Zeugnis ab.«

»Äh ... ich stehe echt gut«, behauptete ich und starrte auf mein Huhn und die Steckrüben.

Ab morgen stehe ich auch wirklich gut!, tröstete ich mich.

Mein Magen schnürte sich immer enger zusammen.

Mom und Dad standen auf, um den Tisch abzuräumen. »Pete und Alice meinten, du solltest unbedingt eine Kamera mitbringen«, sagte Dad. »Die Landschaft dort sei wirklich atemberaubend.«

»Vielleicht könnte Terry dir im Geschäft eine gute Kamera besorgen«, schlug Mom vor.

Hört bitte endlich auf, über Kameras zu reden!, dachte ich mit zusammengebissenen Zähnen.

»Ja, vielleicht«, sagte ich laut.

Ich wartete, bis Mom und Dad zu Alana gefahren waren, und ließ zur Sicherheit noch zehn Minuten verstreichen. Manchmal kehren sie noch mal um, weil sie irgendwas vergessen haben.

Ich spähte zum Fenster hinaus. Im weißen Mondlicht sah ich, wie die kahlen Bäume schwankten und sich bogen. Die Nacht war windig. Es war immer noch ziemlich kalt, obwohl in ein paar Wochen der Frühling kommen würde.

Ich streifte mir ein langärmeliges Flanellhemd übers T-Shirt, steckte eine Taschenlampe in die Jeans und schlenderte zur Garage, um mein Rad zu holen.

Der Wind blies heftig und die Luft war feucht. Ich sah zum Himmel hoch und hoffte, dass es nicht gleich zu regnen anfangen würde. Über den zitternden Baumkronen hing ein bleicher Halbmond.

Mein Vorderreifen war ein bisschen platt, aber für die Strecke zum Coffman-Haus hinauf würde die Luft wohl noch reichen. Ich schob das Rad aus der Garage und stieg auf.

Ich hatte die Lichter im Haus brennen lassen. Von der Einfahrt aus sah es wunderbar hell, behaglich und gemütlich aus. Einen Augenblick lang war ich fast versucht, wieder hineinzugehen und die unheimliche Kamera zu vergessen.

Aber ich hatte meine Entscheidung getroffen. Ich wollte die Sommerferien unbedingt bei meinen Cousins verbringen und das konnte ich vergessen, solange die Sechs von Mr. Saur in meinem Zeugnis stand.

Ich holte tief Luft, schaltete das Fahrradlicht an und rollte zur Straße hinunter.

Gut, dass Mom und Dad weggefahren waren. So musste ich mich wenigstens nicht still und heimlich aus dem Haus schleichen.

»Genau, Greg!«, redete ich mir laut Mut zu. »Du musst es von der positiven Seite sehen.«

Die Straße erschien mir dunkler als sonst. Als ich aufschaute, bemerkte ich, dass zwei der Straßenlaternen nicht brannten.

Der Wind fegte vor mir her. Die Äste der Alleebäume zu beiden Seiten der Straße schüttelten sich. Ich fuhr einen kleinen Schlenker, um einer zerknitterten Zeitung auszuweichen, die der Wind über die Fahrbahn trieb.

Als es hügelaufwärts ging, schaltete ich einen Gang runter. Im Geiste sah ich schon das verfallene Coffman-Haus vor mir, verborgen hinter uralten Eichen auf einer grasbewachsenen Anhöhe.

Es war ein dreistöckiges Gebäude mit grauen Schindelwänden, das rundherum von einer Veranda umgeben war. Das Schrägdach war rot, mit hohen Schornsteinen an beiden Seiten. Vor langer Zeit war es sicher ein prachtvolles Haus gewesen, aber es wohnte schon seit Jahrzehnten niemand mehr darin. Und deshalb war es immer weiter heruntergekommen, bis es ganz verfallen aussah.

Ich überquerte eine Straße, trat rhythmisch in die Pedale und fuhr immer weiter den Hügel hinauf. In der Dunkelheit glitten vertraute Häuser an mir vorbei. Schließlich erreichte ich ein kleines Wäldchen.

Ich spürte, wie sich mir die Kehle zuzog. Meine Hände wurden klamm.

Das Haus – das Coffman-Haus – befand sich direkt hinter dem Wäldchen.

Die Äste der Bäume wogten im Wind. Das kalte Mondlicht ließ sie grau aufleuchten und verlieh ihnen die Farbe gebleichter Knochen.

Ich bremste ab, während ich mich am Wald entlangrollen ließ.

Vorbei an der grasbewachsenen Anhöhe. An den alten Eichen. Hinauf zu dem alten Haus.

Was ich sah, ließ mir den Atem stocken.

6

Das Haus war verschwunden.

Ich sprang vom Rad, ließ es auf den Gehsteig fallen und stieß vor Überraschung einen kleinen Schrei aus.

Dann blinzelte ich ein paar Mal. Ich versuchte das große, alte Haus dort erscheinen zu lassen, wo es hingehörte, an seinem Platz hinter den alten Eichen.

Doch es blieb verschwunden.

Die im Mondlicht silbrig-grau leuchtenden Bäume ragten über dem verwilderten Rasen auf. In ihrem Schatten befand sich nicht mehr als ein Haufen zersplitterter Bretter und Schindeln.

Das Haus war abgerissen worden.

Es war nichts mehr davon übrig.

Ich stand wie betäubt am Bordstein und starrte auf den Fleck, an dem das Haus gestanden hatte. Ich starrte so fest darauf, als könne ich es dadurch dazu zwingen, wieder zu erscheinen.

Ein oder zwei Minuten verstrichen. Plötzlich spürte ich einen stechenden Schmerz auf der Stirn – ich schlug mit der flachen Hand darauf und erwischte eine Mücke. Es ist noch zu früh für Mücken, dachte ich und spürte Blut auf meiner Stirn.

Ich kratzte mir den Stich und drehte mich zu der

Kieseinfahrt um. Da entdeckte ich das Schild nahe der Straße: VERKAUFT.

Dann war das Coffman-Haus also verkauft worden und die neuen Besitzer hatten es abreißen lassen.

Ich kratzte mich weiter an der Stirn und überlegte. Das Haus war weg, aber was war mit dem Keller?

Und was war mit der Werkstatt im Keller, an die ich mich so gut erinnerte? Ich sah die Werkbank noch genau vor mir. In der Wand direkt darüber hatte sich das Geheimfach befunden. Das kleine Fach, in dem die Kamera versteckt gewesen war.

Was war mit dem Keller passiert?

Bevor ich überhaupt begriff, was ich tat, trugen mich meine Beine schon die Anhöhe hinauf. Die Sohlen meiner Turnschuhe rutschten im hohen, nassen Gras. Ich atmete die feuchte Nachtluft ein und hielt den Blick fest auf die zitternden, silbrigen Bäume gerichtet.

Ich wich einem Haufen rostiger Nägel und Schrauben aus und sprang über einen niedrigen Stapel verrotteter Schindeln, mit denen das Haus verkleidet gewesen war.

Nach der Hälfte des Wegs konnte ich erkennen, was sonst noch vom Haus übrig geblieben war. Aufeinander getürmte Holztüren. Ein mit Glassplittern übersäter Boden. Leere, gegen feuchte Bretter gestützte Fensterrahmen. Zerborstene Schindeln. Ein weißes

Waschbecken, das seitlich an einem Baum lehnte. Daneben eine alte Badewanne.

Aber was war mit dem Keller?

Ich schlich mich näher. Meine Beine fühlten sich merkwürdig schwer an. Mein ganzer Körper war schwer – so als versuchte irgendeine unsichtbare Kraft, mich zurückzuhalten.

Hinter den riesigen alten Eichen sah ich einen tiefschwarzen Umriss. Im ersten Augenblick glaubte ich in eine mit Wasser gefüllte Grube zu schauen. In einen kleinen See.

Aber als ich näher trat, sah ich, dass der schwarze Umriss ein Loch war. Eine enorme, viereckige Grube in der Erde.

Der Keller.

Nichts als ein Loch.

Ich blieb an seinem Rand stehen. Mein Körper fühlte sich noch schwerer an als vorher. Die Enttäuschung wog zentnerschwer auf meinen Schultern. Ich stand da und starrte in die Tiefe.

Der Mond war hinter den Bäumen verborgen. Mit zitternder Hand zog ich meine Taschenlampe hervor und schaltete sie ein. Ich richtete den schmalen, gelben Lichtstrahl in das Loch.

Gähnende Leere. Der Lichtstrahl glitt über die Erde. An einer Seite ragten mächtige Baumwurzeln in die offene Grube hinein.

Ich ließ das Licht über die Grubenwände gleiten. Von überall her streckten sich kleine Wurzeln aus der weichen schwarzen Erde.

Nichts war übrig. Der Keller war komplett ausgebaggert worden. Sie hatten sogar den Betonboden aufgerissen und weggekarrt.

Und wo war die Kamera?

Hatte jemand sie gefunden? Sie aus ihrem Versteck genommen und behalten?

Oder war sie womöglich zerschmettert worden, als die Arbeiter den Beton aufgebrochen hatten? Zerschmettert und für immer zerstört?

Ich leuchtete mit der Taschenlampe immer wieder die Rückwand ab. Eigentlich weiß ich gar nicht, was ich zu sehen erwartete. Dachte ich vielleicht, dass die Kamera in einem Loch in der Grubenwand liegen würde? Hoffte ich sie in einer Ecke auf dem matschigen Boden zu finden?

Der Lichtschein zeigte nur schwarze Erde und knorrige Baumwurzeln.

Sonst war da nichts.

Ich knipste die Lampe aus und schob sie wieder in die Tasche. Dann wandte ich mich von der Grube ab und ging um einen Haufen zerbrochener Schindeln herum.

Ein starker Windstoß ließ die alten Bäume ächzen und knarzen, aber ich nahm die gespenstischen Geräusche kaum wahr.

Es bleibt also bei der Sechs, dachte ich niedergeschlagen. Die Kamera ist für immer verschwunden und ich behalte meine Sechs.

Meine Sommerferien sind im Eimer. Und bei den anderen Kindern in der Schule bin ich für immer unten durch. Sie werden mich nur noch auslachen und Kamerawitze machen.

Ich stieß einen langen, unglücklichen Seufzer aus.

Wütend versetzte ich einem zerbrochenen Brett, das mir im Weg lag, einen Fußtritt und ging den überwucherten Rasen hinunter zu meinem Rad.

Ich war etwa vier bis fünf Schritte weit gekommen, als hinter mir eine schrille Stimme ertönte: »Endlich habe ich dich! Bleib stehen!«

7

Die hohe Stimme, die plötzlich aus dem Dunkel ertönte, jagte mir einen Riesenschreck ein und ich rannte los, ohne groß nachzudenken. Dann blieb ich doch stehen.

Ich wirbelte herum. Mein Herz hämmerte wie wild.

Ich sah einen Jungen, der etwa so alt war wie ich. Er hatte eine Holzplanke vom Boden aufgehoben und hielt sie über sich, als wolle er sie mir gleich überziehen.

Er trug ein schwarzes Sweatshirt und eine ausgebleichte Jeans mit Löchern an den Knien. Sein schwarzes Haar war sehr kurz geschnitten. Er funkelte mich mit seinen dunklen Augen wütend an.

»Dad – ich habe ihn!«, brüllte er mit seiner hohen, schrillen Stimme, die sich anhörte wie von einem kleinen Kind.

»He, was soll das?«, rief ich. »Was meinst du damit?«

»Keine Bewegung!«, kommandierte er und hob das Brett noch ein Stück höher. Er machte einen Schritt auf mich zu. Dann noch einen. Dabei ließ er mich nicht aus den Augen.

»Ich habe doch gar nichts gemacht!«, verteidigte ich mich. »Ich … ich wollte bloß was nachschauen.«

Als er näher kam, bemerkte ich, dass sich seine Miene änderte. Das wütende Funkeln verschwand aus seinen Augen. Er riss den Mund auf.

»Das … das bist du ja gar nicht!«, stammelte er.

»Wie? Was?«, rief ich. »Was soll ich nicht sein?«

»Äh – tut mir echt Leid«, sagte er kopfschüttelnd. »Ich habe dich mit jemandem verwechselt.«

»Das glaub ich aber auch. Ich bin nicht jemand anderes«, sagte ich. »Ich bin ich.«

»Bei uns in der Straße wohnt so ein Typ«, erklärte der Junge und fuhr sich verlegen durch die kurzen Haare. »Der schleicht sich nachts immer auf unser Grundstück und klaut Sachen.«

Ich betrachtete den mit Bauschutt übersäten Rasen. »Aber was gibt's denn hier großartig zu klauen? Ist ja nicht mehr viel übrig.«

Der Junge nickte und schleuderte das Brett von sich, das er als Waffe hatte benutzen wollen. Es knallte klappernd gegen einen Holzstapel neben mir. »Er hat Bretter und Baumaterial mitgenommen. Ich habe dich für ihn gehalten.«

»Haben deine Eltern das Coffman-Haus gekauft?«, erkundigte ich mich. Trotz der Kälte und des Winds lief mir der Schweiß über die Stirn. Ich wischte ihn mir mit dem Handrücken ab.

»Ja, genau«, erwiderte er. »Aber mein Vater hat gesagt, das Haus sei so runtergekommen, dass es sich nicht mehr lohnt, es zu renovieren. Deshalb hat er es abreißen lassen. Wir bauen jetzt ein neues Haus.«

Der Wind ließ die Bäume wieder knarzen. Ich warf einen Blick zur Straße hinunter und bemerkte, dass sich mein Hinterreifen ganz von selbst drehte.

»Uns ist erzählt worden, dass es im Coffman-Haus spuken soll«, fuhr der Junge fort. »Deshalb bin ich froh, dass Dad es abgerissen hat.« Er kickte mit der Fußspitze gegen eine am Boden liegende Schindel. »Ich heiße übrigens John. Und du?«

»Greg. Ich … ich wohne unten am Hügel. Nur ein paar Straßen von der Schule entfernt.«

Ich warf einen Blick zu der Stelle, an der das Haus

gestanden hatte. »Ich war ein paar Mal mit Freunden heimlich im Haus«, erzählte ich ihm. »Als Mutprobe. Ich glaube, dass es wirklich darin gespukt hat.«

Er kniff die Augen zusammen und musterte mich eindringlich. »Was wolltest du überhaupt hier?«, fragte er. »Warum bist du heute Abend hergekommen?«

Ich beschloss, ihm die Wahrheit zu sagen. »Ich habe etwas gesucht«, sagte ich. »Eine Kamera.«

Er kratzte sich wieder am Kopf. »So einen alten Fotoapparat?«

»Ja, genau!«, rief ich aufgeregt. »Er war unten im Keller versteckt. Hast du ihn etwa gesehen?«

»Ja.« John nickte. »Die Bauarbeiter haben ihn ausgegraben, als sie den Keller ausgehoben haben.«

»Mensch, super!«, rief ich begeistert. »Weißt du, wo die Kamera jetzt ist, John? Ich meine ... was die Arbeiter damit gemacht haben?«

Er deutete zur Straße. »Wahrscheinlich ist sie da drin«, sagte er. »Ich glaube, sie haben ihn noch nicht geleert.«

Ich drehte mich um und erblickte am Ende der Einfahrt einen großen Müllcontainer. »Du meinst, sie haben die Kamera einfach da reingeschmissen?«, fragte ich.

Aber ich wartete seine Antwort gar nicht ab, sondern rannte, so rasch ich konnte, durch das hohe Gras zur Straße hinunter.

Vor dem riesigen Metallcontainer hielt ich an. Ich sah, dass er bis zum Rand mit Sperrmüll gefüllt war.

»Hast du was dagegen, wenn ich sie da drin suche?«, rief ich John zu, der die Hände in die Taschen gesteckt hatte und zu mir heruntergeschlendert kam.

»Klar. Mach nur. Was willst du eigentlich mit der blöden alten Kamera?«

Ich gab keine Antwort. Dazu war jetzt keine Zeit. Stattdessen hielt ich mich mit beiden Händen am Rand des Containers fest, der ziemlich hoch war. Ich benötigte drei Versuche, bis ich mich hochgezogen hatte.

Die Laterne auf der gegenüberliegenden Straßenseite tauchte den Container in ein dämmriges gelbes Licht. Ich ließ meinen Blick rasch über den Abfall wandern und erkannte sofort, dass es alles Sachen aus dem Keller waren.

Ich blickte auf verrostetes altes Werkzeug aus der Werkstatt, Teile eines alten Staubsaugers, die Metalltrommel aus einem Wäschetrockner, alte Klamotten und zerrissene Koffer.

Beklommen fragte ich mich, ob die Kamera überhaupt dabei war. Doch dann machte ich mich beherzt an die Arbeit: Ich zog die kaputten Koffer hervor, warf sie zur Seite und räumte die Stapel alter Zeitschriften weg.

Ich werde jeden Zentimeter dieses Containers durchwühlen, bis ich das verdammte Ding gefunden habe, gelobte ich mir feierlich.

Ich zog ein durchlöchertes Stück Gartenschlauch aus dem Müll und durchsuchte den Haufen alter Kleider. Wo war sie nur?

Schließlich ließ ich mich auf Hände und Knie nieder und grub mich tiefer in den Müll. Der muffige Geruch von Staub und Schimmel stieg mir in die Nase und umfing mich. Mit angehaltenem Atem wühlte ich tapfer weiter.

Ich musste sie einfach finden. Ich *musste.*

Plötzlich hielt ich inne. Zwei Augen starrten zu mir hinauf.

Zwei Augen, die im Dämmerlicht gelb leuchteten.

Sie starrten mich aus den Tiefen des Müllbergs an.

Ich bin nicht alleine hier!, schoss es mir durch den Kopf.

Und dann öffnete ich den Mund und stieß einen schrillen Schrei aus.

8

Die Augen sahen mich an, ohne zu blinzeln. Gelb und kalt.

Meine Nackenhaare stellten sich auf.

Ich schaute auf die Augen hinab und wartete darauf,

dass sie sich bewegten. Ich wartete darauf, dass dieses Ding – was immer es war – mich ansprang.

»He, was ist? Hast du die Kamera?«, rief John vom Gehsteig.«

»Nein. Ich ... äh ...«

Ich schob meine Hand langsam auf die gelben, glasigen Augen zu. Meine Finger ertasteten struppiges Fell.

Mit klopfendem Herzen schob ich den Müll zur Seite und packte ohne nachzudenken nach dem Wesen, das mich unbewegt anstarrte.

Ich erfühlte einen Körper. Er war steif und kalt unter dem struppigen schwarz-weißen Fell.

Ein toter Waschbär.

Der saure Verwesungsgeruch stieg mir in die Nase. »Igitt ... kotz!« Ich stöhnte angeekelt auf und zog das stinkende Tier aus dem Abfall.

»He, Greg«, rief John wieder.

»Ich habe einen toten Waschbären gefunden«, verkündete ich und hielt mir die Nase zu. »Boh, das Ding stinkt gotterbärmlich, ich ...«

Plötzlich hielt ich inne. Ich sah die Kamera. Sie hatte unter der Waschbärenleiche gelegen. Der Schein der Laterne tauchte sie in ein gelbes Licht. Das reflektierende Glas der Linse leuchtete wie ein einzelnes Auge.

Ich griff nach der Kamera und zog sie aus dem Müll.

Anschließend rappelte ich mich auf, beugte mich über den Rand des Müllcontainers und hielt sie John entgegen. »Ich habe die Kamera gefunden!«, jubelte ich. »Da ist sie. Ich kann es gar nicht fassen, dass ich sie wirklich gefunden habe.«

John sah mit zusammengekniffenen Augen zu mir hoch. »Toll«, sagte er ohne große Begeisterung.

Ich hängte mir die Kamera um den Hals, hielt mich am Rand des Containers fest und ließ mich zu Boden gleiten.

Meine Jeans und mein Hemd waren staubig und dreckverschmiert. Aber das war mir egal. Ich hielt die Kamera in den Händen.

»Und was ist jetzt so toll an ihr?«, wollte John wissen. Er sah zweifelnd auf die Kamera hinunter und berührte ihre Oberseite. »Geht die überhaupt?«

Ich hatte keine Lust, ihm zu erzählen, was es mit der Kamera auf sich hatte. Er würde es mir sowieso nicht glauben und ich wollte ihm auch keine Angst machen. Im Augenblick wünschte ich mir nichts sehnlicher, als so schnell wie möglich nach Hause zu fahren.

»Ja, die geht«, erwiderte ich und wischte den Dreck ab. »Sie macht sogar ziemlich gute Bilder.«

»Aber warum muss es unbedingt die sein?«, fragte John noch mal und betrachtete die Kamera eingehend, während ich versuchte, sie zu reinigen.

»Äh … weißt du, ich habe einem aus der Schule versprochen, sie ihm zu zeigen«, behauptete ich. »Ich brauche sie für so eine Art … äh … Projekt.«

John kratzte sich am Kopf. »Vielleicht sollte mein Dad sie sich mal ansehen«, sagte er und deutete hinter sich. »Kann sein, dass es ihm gar nicht recht ist, wenn du sie mitnimmst.«

»Aber ihr habt sie doch weggeworfen!«, rief ich und hielt die Kamera mit beiden Händen fest, weil ich Angst hatte, er würde sie mir wegnehmen.

»Wir wussten ja nicht, dass sie noch funktioniert«, erwiderte John mit seiner hohen, schrillen Stimme. »Ist sie wertvoll? Ist doch gut möglich. Sie könnte eine Antiquität sein oder so.«

»Quatsch. Die ist nicht wertvoll«, wehrte ich ab. »Bitte, John, ich …«

»Ich finde, wir sollten sie meinem Vater zeigen«, beharrte John. Er wollte nach der Kamera greifen, aber ich zog sie weg und hielt sie mit aller Kraft fest.

Da machte es *Klick*.

Ein plötzliches helles Licht blendete uns.

»O nein!«, schrie ich auf, als ich begriff, dass ich aus Versehen auf den Auslöser gedrückt hatte.

Ich hatte ein Foto von John gemacht.

9

»He, was sollte das denn?«, fragte John aufgebracht.

»Das … das war keine Absicht«, stammelte ich und zog das Bild aus dem Schlitz an der Unterseite der Kamera. »Echt nicht. Ich schwör's.«

John und ich blinzelten ein paar Mal, bis die gelben Pünktchen auf unserer Netzhaut verschwunden waren. »Ist das etwa eine Sofortbildkamera?«, fragte John. »Dafür ist sie doch eigentlich viel zu altmodisch.«

»Ja, stimmt«, sagte ich. Ich hielt das Foto hoch, um zu sehen, was sich darauf entwickelte. Innerlich betete ich, dass nicht irgendwas Furchtbares darauf erscheinen würde. Dass John auf dem Schnappschuss gesund und munter aussehen würde.

Mit meiner freien Hand zog ich die kleine Taschenlampe aus der Hosentasche und leuchtete das Foto an, auf dem schon die ersten Umrisse zu erkennen waren.

Allmählich wurde Johns Gesicht sichtbar. Er hatte die Augen zusammengekniffen und sein Mund war merkwürdig weit aufgerissen.

Bevor ich richtig erkennen konnte, was los war, hatte John mir das Foto aus der Hand geschnappt. Er hielt es sich dicht vor die Augen und betrachtete es.

»He – was ist das denn für eine Kamera?«, fragte er.

Ich trat hinter ihn, um zu sehen, was auf dem Bild drauf war.

»O nein!«, stöhnte ich.

Das Foto war jetzt klar und deutlich. Es zeigte einen vor Schmerzen aufheulenden John, der die Augen zusammenkniff und den Mund zu einem Schrei geöffnet hatte. Er hatte sein Bein gehoben und hielt mit beiden Händen seinen in einem Turnschuh steckenden Fuß fest.

Er hielt sich den Fuß deshalb, weil oben ein riesiger Nagel herausragte. Einer dieser Nägel, wie sie Zimmermänner benutzen. Er war so lang wie ein Bleistift und er steckte mitten in Johns Fuß!

John lachte und drehte sich zu mir um. »Was ist das? Ist das so eine Art Scherzkamera?«

Ich schluckte. Ich wusste genau, dass das kein Scherz war. Die schrecklichen Bilder wurden immer Wirklichkeit.

Wie konnte ich John nur davor bewahren, sich den Nagel in den Fuß zu rammen? Ich musste etwas tun.

Ich beschloss, ihn zu warnen. Ich musste ihm wohl doch die Wahrheit über die Kamera verraten.

»Cool!«, rief John, der immer noch das Foto betrachtete. »Der Typ auf dem Bild sieht mir echt total ähnlich. Ich würde gern wissen, wie das funktioniert.«

»Das … das ist gar nicht cool«, stotterte ich. »Es ist sogar ziemlich gruselig, John. Die Kamera ist verhext.

Sie ist verflucht. Die Fotos werden immer Wirklichkeit.«

Er lachte. »Ja, klar!«

Ich hatte ja gewusst, dass er mir nicht glauben würde.

»Bitte sei trotzdem vorsichtig, ja?«, bat ich ihn. »Das Foto ist wirklich kein Witz.«

Er lachte wieder.

Ein Windstoß ließ das hohe Gras erzittern und oben am Himmel schoben sich schwarze Wolken wie Schlangen vor den Mond. Die Dunkelheit hüllte uns ein.

»Ich muss die Kamera unbedingt mitnehmen«, sagte ich zu John. »Wenigstens für einen Tag.«

»Ich weiß nicht. Sie ist echt total cool«, meinte er zweifelnd. »Vielleicht sollte ich sie doch behalten.«

»Ich bringe sie dir morgen Nachmittag wieder«, versprach ich ihm. »Ich muss sie nur kurz in die Schule mitnehmen.«

Er verzog den Mund und schaute nachdenklich drein. »Am besten frage ich Dad.« Er deutete in Richtung der Bretterstapel unter den Bäumen. »Er steht da drüben und spricht mit dem Architekten über das neue Haus.«

»Nein, warte!«, schrie ich.

Aber John war schon losgerannt und lief durch das hohe Gras den Abhang hinauf.

Ich setzte ihm nach, blieb aber erschrocken stehen, als ein gellender Schrei ertönte. Dann schallte ein lang gezogenes Heulen über den Rasen.

10

Mir stockte der Atem. Ich stolperte durch das Gras auf John zu.

Ich sah, wie er seinen Turnschuh festhielt. Sein Gesicht war schmerzverzerrt.

Selbst im schwachen Mondlicht sah ich deutlich den riesigen Nagel, der sich mitten durch seinen Fuß gebohrt hatte.

»John«, brüllte ich. »Ich hole deinen Vater!«

Aber das war nicht nötig. Hinter dem Holzstapel tauchten zwei Männer auf – der eine war groß und dünn, der andere kleiner und dicker. Ich nahm an, dass es der Architekt und Johns Vater waren.

»John, was hast du?«, rief der Dicke – Johns Vater.

John warf seinen Kopf zurück und heulte wieder vor Schmerz auf.

»Er hat sich einen Nagel in den Fuß getreten!«, schrie ich, während ich ihnen entgegenrannte und auf John zeigte.

Die beiden Männer hasteten an mir vorbei. »Um Gottes willen!«, stöhnte Johns Vater.

Sie packten John unter den Armen. Der größere der beiden hielt Johns verletzten Fuß hoch. »Zu meinem Wagen«, sagte er drängend. »Da liegt ein Handtuch drin, das wir ihm um den Fuß wickeln können. Er verliert eine Menge Blut.«

»Sollen wir ihm den Nagel rausziehen?«, fragte Johns Vater mit zitternder Stimme.

»Nein, das ist zu riskant«, winkte der andere Mann ab.

»Nicht rausziehen! Bitte nicht!«, flehte John. »Das tut viel zu weh!«

»Wir können ihm nicht einmal den Turnschuh ausziehen!«, rief Johns Vater.

»Das Krankenhaus ist nicht weit weg«, sagte der Architekt. »Wir sind sofort da.«

»Auuuuuu! Es tut so weh! Es tut soooo weh!«, heulte John.

Die beiden Männer hoben ihn hoch. Im Laufschritt schleppten sie ihn zu einem Wagen, der gegenüber vom Container parkte.

Ich beobachtete von der Mitte des Rasens aus, wie sie John behutsam auf die Rückbank setzten und dann mit einem langen weißen Handtuch herumhantierten. Wenig später hatten sie es ihm straff um Fuß und Turnschuh gebunden.

Sie knallten die Tür zu und setzten sich eilig nach vorne. Kurz darauf verschwanden sie mit aufheulendem Motor in der Dunkelheit.

Ich stand im Gras und spürte, wie die schwankenden Halme an den Beinen meiner Jeans entlangstrichen. Mein Mund war trocken wie Watte.

»Armer John«, murmelte ich laut.

Die Kamera hatte nichts von ihrer Bösartigkeit verloren. An diesem Abend hatte sie ein neues Opfer gefunden.

Ich bin an allem schuld, dachte ich traurig. Es war ein Versehen. Ich wollte gar nicht auf den Auslöser drücken. Aber ich hatte ihn nun mal gedrückt.

Die beiden Männer hatten mich keines Blickes gewürdigt. Sie waren wegen John so in Sorge gewesen, dass sie mich vermutlich gar nicht bemerkt hatten.

Ich schaute an mir hinunter und entdeckte, dass ich die Kamera noch immer in den Händen hielt. Am liebsten hätte ich sie auf den Boden geschleudert und wäre so lange auf ihr herumgetrampelt, bis sie nur noch Schrott gewesen wäre.

Aus dem Augenwinkel sah ich im hohen Gras etwas herumflattern. Ich bückte mich und hob es auf. Es war der Schnappschuss.

Ich betrachtete noch einmal das Bild von John, der seinen Fuß festhielt und vor Schmerz schrie.

Schließlich steckte ich das Foto in die Tasche meines

Flanellhemds. Das zeige ich Mr. Saur, beschloss ich. Ich nehme die Kamera und das Bild von John in die Schule mit und beschreibe ihm ganz genau, was heute Abend passiert ist.

Dann muss ich in der Schule gar kein Bild mehr machen.

Das Foto von John reicht als Beweis.

So konnte nichts Schlimmes passieren. Absolut nichts.

11

Am nächsten Morgen schlang ich mein Frühstück hinunter. Dann schnappte ich mir meinen Schulranzen, hängte mir die Kamera über die Schulter und stürzte zur Tür.

Ich ging eine Viertelstunde früher als sonst aus dem Haus, weil ich weder Shari noch Michael oder Bird begegnen wollte.

Es war ein warmer Tag. Die Luft roch frisch und lieblich. Neben unserem Haus steckte eine Reihe von Tulpen ihre Köpfe aus der Erde. Die ersten Boten des Frühlings.

Ich sprang rasch die Einfahrt hinunter und lief auf den Gehsteig. Die Kamera schlug mir schwer gegen die

Brust. Ich war gerade dabei, den Riemen zurechtzurücken, als eine Stimme mich rief.

»Greg! He, Greg – warte doch!«

Shari.

Ich schob die Kamera zur Seite und versuchte sie hinter meinem Arm zu verbergen.

Zu spät. Sie hatte sie schon gesehen.

»Ich glaube es einfach nicht!«, rief Shari, als sie mich eingeholt hatte. »Das darf doch nicht wahr sein. Du warst also wirklich im Coffman-Haus und hast das Ding geholt!« Sie starrte kopfschüttelnd auf die Kamera.

»Na ja … nicht direkt«, erwiderte ich. »Wieso bist du überhaupt so früh dran, Shari?«

»Ich habe am Fenster gewartet, bis du vorbeikommst«, gab sie zu. »Ich wollte sehen, ob du echt so verrückt bist, dir die Kamera zu holen.«

Ich sah sie empört an. »Du hast mir nachspioniert? Warum?«

»Weil ich nicht zulassen kann, dass du das Teufelsding mit in die Schule nimmst.« Sie baute sich vor mir auf und schnitt mir den Weg ab.

Ich schnaubte abfällig. »Und seit wann kannst du mir Befehle geben?«, sagte ich. »Wir leben in einem freien Land, hast du das vergessen?«

Sie verschränkte die Arme über ihrer karierten Weste. »Ich meine es ernst, Greg. Du darfst sie nicht mitnehmen. Ich lasse das nicht zu.«

Ich täuschte einen Hechtsprung nach links vor und versuchte mich rechts an ihr vorbeizudrängen.

Aber ich kam nicht an ihr vorbei. Wir prallten zusammen und ich trat einen Schritt zurück.

»Ich meine es ernst«, wiederholte sie. »Lass die Kamera zu Hause.«

»Du bist echt eine Nervensäge«, stöhnte ich. »Du kannst mir nicht vorschreiben, was ich tun soll.«

Shari gab ihre trotzige Haltung auf und versuchte es mit einer anderen Taktik. Sie öffnete die Arme wieder und strich sich ihr schwarzes Haar zurück. »Erinnerst du dich nicht mehr, wie gefährlich die Kamera ist? Du weißt doch, was für schreckliche Sachen uns passiert sind!«

Ich hielt die Kamera mit beiden Händen fest. Sie fühlte sich auf einmal sehr schwer an. Durch mein T-Shirt hindurch spürte ich die Kälte des Metalls.

»Weißt du nicht mehr, Greg?«, sagte Shari eindringlich. »Die Kamera ist schuld daran, dass ich verschwunden war. Ich war wie vom Erdboden verschluckt! Du willst doch nicht, dass das jemand anders passiert, oder? Überleg doch mal, wie du dich dann fühlen würdest!«

Ich schluckte und dachte an die vergangene Nacht. Die Kamera hatte schon jemandem Leid zugefügt.

»Ich will ja gar keine Fotos machen«, verteidigte ich mich. »Wirklich. Ich will sie bloß Mr. Saur zeigen, damit er meine Note verbessert.«

»Und warum sollte er dir eine bessere Note geben, wenn du ihm die alte Kamera zeigst?«, bohrte Shari nach.

»Weil ich ihm auch ein Foto zeigen werde«, erklärte ich, zog den Schnappschuss von John aus der Tasche und hielt ihn ihr unter die Nase.

»Ohhh – tu das weg!«, rief sie und schob das Bild mit beiden Händen zur Seite. »Das sieht ja total schlimm aus!«

»Ja«, stimmte ich ihr zu und schob mir das Bild wieder in die Tasche. »Der Arme. Ich habe das Foto gemacht und eine Minute später ist es Wirklichkeit geworden.«

»Dann hatte ich also Recht!«, verkündete Shari und starrte mit zusammengekniffenen Augen auf die Kamera in meinen Händen. »Du hast mir gerade den Beweis geliefert, Greg. Ich hatte Recht!«

In diesem Moment fuhr ein Wagen mit ein paar Schulkindern vorbei. Ein kleiner brauner Hund steckte den Kopf zum Fenster heraus und kläffte uns an.

Ich sah auf meine Uhr. Wenn wir hier noch länger stehen blieben und rumstritten, würden Shari und ich zu spät zur Schule kommen.

»Wir müssen weiter«, drängte ich und ging mit großen Schritten los. Aber sie rannte mir nach und stellte sich mir wieder in den Weg.

»Vergiss es, Greg. Ich lasse dich nicht gehen.«

Ich verdrehte genervt die Augen. »Jetzt lass mich endlich in Ruhe, Shari!«

»Es ist zu gefährlich«, beharrte sie. »Ich weiß ganz genau, dass ich Recht habe. Du bringst dich nur in Schwierigkeiten.«

»Geh mir aus dem Weg, Shari!«

»Gib mir die Kamera!«

»Niemals!«, rief ich.

Sie griff mit beiden Händen danach und riss sie mir von der Schulter. Ich holte sie mir sofort zurück.

Da blitzte die Kamera Shari mitten ins Gesicht.

12

Shari blinzelte. Sie ließ die Kamera los, als hätte sie sich verbrannt, und stieß einen überraschten Schrei aus.

»Tut mir Leid!«, rief ich und machte ein paar Schritte zurück. »Tut mir Leid, echt! Ich wollte dich nicht …«

Die Kamera fühlte sich warm an. Ich griff nach dem viereckigen Foto, das sich aus dem Schlitz schob.

»Her damit!«, verlangte Shari. Sie riss mir den Schnappschuss aus den Fingern. »Wie konntest du das nur tun?«

»Es war ein Versehen!«, schrie ich. »Du weißt doch genau, dass ich nicht abdrücken wollte.«

Shari starrte auf das Foto, das sich langsam entwickelte. »Was hast du getan? Was hast du getan?«, wiederholte sie nur immer wieder. Ihre Stimme bebte. Ich sah, dass ihre Hände zitterten. »Ich habe dir doch gesagt, dass du die Kamera nicht mitnehmen sollst.« Jetzt weinte Shari fast. »Ich habe dich angebettelt, dass du sie zu Hause lassen sollst.«

»Shari, es tut mir so Leid«, sagte ich wieder. »Aber vielleicht ist es gar nicht schlimm. Vielleicht ...«

Sie schluckte. »Vielleicht verschwinde ich wieder, Greg. Vielleicht ist es diesmal für immer.«

»Nein!«, rief ich. »Sag so was nicht, bitte ...«

Wir betrachteten beide gebannt das Foto, das sich nur langsam entwickelte. Zuerst wurde das Gelb sichtbar. Ich konnte Sharis Gesicht erkennen.

Schrie sie etwa? Heulte sie vor Schmerzen? Ich konnte es nicht sagen.

Nach dem Gelb kam das Blau und ich konnte Sharis Gesicht vor einem grünen Hintergrund sehen.

»Du wirkst ganz okay«, sagte ich. »Ich glaube, diesmal ist alles in Ordnung.«

»Warte«, sagte sie leise. Sie knabberte auf ihrer Unterlippe herum und kniff gespannt die Augen zusammen, während sich die blauen und roten Töne entwickelten.

Das Bild wurde immer dunkler. Fast schwarz.

Inzwischen konnte ich Sharis Gesicht ganz klar erkennen. Sie lächelte nicht und sah nicht glücklich aus. Aber sie schrie auch nicht.

Noch schwärzer.

»He!«, schrie Shari. »Das ist ein Negativ.«

»Was?« Ich verstand gar nichts mehr.

»Das ist kein normales Foto«, wiederholte Shari und hielt mir das viereckige Bild vors Gesicht. »Das ist ein Negativ. Das Foto hat sich nicht richtig entwickelt. Alle Farben sind umgekehrt.«

Ich starrte darauf. Sie hatte Recht. Alles war umgekehrt.

»Vielleicht ist die Kamera kaputt«, sagte ich und stieß einen Seufzer der Erleichterung aus. »Dir passiert nichts, Shari. Die Kamera funktioniert nicht.«

»Kann sein«, sagte sie und hielt mir das Negativ hin. Ich steckte es mir in die Tasche. Als ich wieder aufblickte, sah ich ein merkwürdiges Grinsen auf ihrem Gesicht.

Ein hinterhältiges Grinsen.

»Shari – was hast du denn?«, fragte ich.

Ich hätte es wissen müssen. Ich hätte es mir ja denken können. Dann hätte ich schneller reagiert.

Sie packte die Kamera mit beiden Händen, drehte sie blitzschnell herum und richtete sie auf mein Gesicht. Es blitzte.

»He!« Ich versuchte mich unter die Linse zu ducken.

Zu spät. Sie hatte mich voll erwischt.

»Shari, das ist nicht witzig!«, rief ich.

»Dir passiert nichts«, antwortete sie. »Die Kamera ist kaputt, das hast du doch selbst gesagt.«

Ich zog das Bild aus dem Schlitz.

Meine Kehle fühlte sich plötzlich staubtrocken an. War die Kamera wirklich kaputt? War auch dieses Foto ein Negativ?

Und wenn nicht – wie würde es mich zeigen? Heulend mit einem Nagel durch den Fuß oder in einer noch viel schlimmeren Lage?

Während ich auf das kleine Quadrat starrte, spielte meine Phantasie verrückt. Ich sah mich an einem Pfeil zerren, der in meiner Brust steckte. Sah mich völlig zerquetscht unter einer riesigen Dampfwalze liegen.

»Shari, wie konntest du mir das nur antun?«, jammerte ich und beobachtete nervös, wie die Farben dunkler wurden.

Ihre dunklen Augen blitzten. »Ha! Du hast echt Angst, was?«, meinte sie. »Gib's doch zu, Greg. Du hast Angst. Jetzt kapierst du vielleicht endlich, wieso ich nicht wollte, dass du die Kamera mit in die Schule nimmst.«

Meine Hand zitterte. Ich musste das Bild mit beiden Händen festhalten.

Die Farben wurden klarer.

»Das hier ist kein Negativ«, sagte ich.

Shari stellte sich hinter mich und sah auf das Foto hinunter.

»O nein!«, entfuhr es uns beiden gleichzeitig.

Shari begann zu lachen.

»Das darf doch nicht wahr sein!«, stöhnte ich.

13

»Das ist ja schrecklich!«, kreischte ich.

Mein Gesicht war einigermaßen erkennbar, aber mein Körper war völlig verändert.

Im ersten Moment dachte ich, mein Kopf säße auf einem riesigen Ballon. Dann begriff ich, dass der riesige Ballon *ich* war.

Auf dem Foto wog ich an die zweihundert Kilo!

Kein Witz. *Zweihundert* Kilo!

Ich musterte mit offenem Mund mein rundes Gesicht und meinen noch viel runderen Körper. Ich hatte etwa acht Kinne und fette Pausbacken. Der Ausschnitt meines T-Shirts wurde von meinem hängenden Achterkinn völlig verdeckt. Das T-Shirt saß so eng wie eine Wurstpelle und reichte mir nur bis zum hervorquellenden Bauch, der beinahe bis auf den Boden hing.

Ich sah aus wie ein ekelhafter Puddingberg!

»Hör auf zu lachen!«, fauchte ich Shari an. »Das ist nicht komisch!«

»Ich finde es aber sehr komisch«, widersprach sie. Sie nahm mir das Bild aus der Hand, schaute drauf und begann noch lauter zu lachen. »Du bist sogar noch fetter als Sumo eins und Sumo zwei!«, rief sie.

Ich entriss ihr das Foto und starrte fassungslos auf die Wülste, die mir von den Backen hingen. Mein Gesicht war so riesig und aufgeschwemmt, dass meine Augen wie winzige Schweinsäuglein aussahen.

»Hast du etwa immer noch vor, die Kamera mit in die Schule zu nehmen?«, fragte Shari. »Bist du nicht davon abzubringen?«

»Ich muss sie doch Mr. Saur zeigen«, sagte ich. »Aber ich mache kein Foto. Ich zeige ihm nur das von John.«

»Und was ist mit dem von dir?«, erkundigte sie sich grinsend.

»Vergiss es!« Ich steckte das Bild in meine Jeans. »Ich will nicht, dass das irgendjemand zu Gesicht bekommt.«

Shari sah auf die Uhr. »Schnell!«, drängte sie. »Wir müssen uns beeilen, sonst kommen wir zu spät.«

Sie rannte los und ich folgte ihr.

Auf dem Weg zur Schule sah ich die ganze Zeit dieses Foto vor mir. Mein schwammiges Gesicht und den gigantischen zweihundert Kilo schweren Körper.

Kein Grund zur Sorge, beruhigte ich mich.

Die Kamera ist kaputt. Du musst dir gar keine Sorgen machen.

Aber was soll ich sagen?

Ich machte mir verdammte Sorgen.

Die Gänge hatten sich bereits geleert, als Shari und ich an der Schule ankamen. Wir hatten anscheinend das Klingelzeichen verpasst.

Ich versteckte die Kamera unter einem Haufen von Zeug am Boden meines Spindes. Mr. Saurs Englischstunde war die letzte vor der Mittagspause. Ich wollte nicht riskieren, dass die Kamera Brian, Donny oder einem anderen in die Hände fiel, der damit Unsinn trieb.

Ich schlug die Spindtür zu und sperrte sie ab. In dem Moment entdeckte ich Bird und Michael, die in ihr Klassenzimmer stürmten. Ich winkte ihnen zu.

Ich wollte ihnen erzählen, dass ich die Kamera geholt hatte. Und von John und dem Nagel in seinem Fuß wollte ich ihnen auch erzählen.

Doch dann beschloss ich, lieber meinen Mund zu halten.

Michael und Bird standen auf Sharis Seite. Sie waren

dagegen gewesen, dass ich die Kamera holte. Sie hatten zu viel Angst. Und wahrscheinlich hatten sie Recht.

Ich schlüpfte in meine Klasse und machte mich im Stuhl ganz klein, um nicht aufzufallen. Die Zeit verging wie im Schneckentempo. Zum ersten Mal in meinem Leben konnte ich es gar nicht erwarten, bis Sauertopfs Stunde anfing!

Wieder bekam ich kaum mit, was vorne gesprochen wurde. In Erdkunde schwafelte Mrs. Wackman von der Bauxitförderung in Südamerika. Eigentlich hätte ich sie gern gefragt, was Bauxit überhaupt ist. Das interessierte mich schon lange. Ich glaube, es ist eine südamerikanische Automarke, aber sicher bin ich mir da nicht.

Ihre Stimme rückte immer mehr in den Hintergrund. Im Geiste übte ich schon mal, was ich gleich zu Mr. Saur sagen würde.

»Mr. Saur«, würde ich anfangen. »Sie haben da gestern einen schweren Fehler begangen. Aber ich nehme es Ihnen nicht übel. Ich weiß ja, dass Sie so fair sein werden, meine Note zu ändern, sobald Sie sehen, was ich Ihnen mitgebracht habe.«

Nee! Das ist viel zu steif, dachte ich. Das klingt überhaupt nicht nach mir. Das kriege ich niemals über die Lippen.

Nächster Versuch: »Hier, die unheimliche Kamera, Mr. Saur. Und ein Bild von einem Jungen, den ich kennen gelernt habe. Eine Minute später ist das Bild Wirklichkeit geworden. Sie haben mich gebeten, Ihnen einen Beweis zu liefern – hier ist er.«

Das war besser, fand ich. Direkt und auf den Punkt gebracht.

Aber ob er mir glaubte?

Er muss, dachte ich. Fotos lügen nicht. Er muss meine Note ändern.

Ich starrte auf die Wanduhr über der Tafel. Warum ging sie nur so langsam? So unendlich langsam?

Endlich klingelte es. Ich sprang auf, rannte zur Tür hinaus und hechtete zu meinem Spind. Bird stand am anderen Ende des Gangs und rief nach mir. Aber ich tat so, als hätte ich ihn nicht gehört.

Ich zog die Kamera aus ihrem Versteck und warf die Spindtür zu. Aus Sicherheitsgründen verbarg ich die Kamera sorgfältig unter meinem Arm.

Am Ende des Gangs sah ich Sumo eins und Sumo zwei stehen. Sie drückten einen Fünftklässler gegen einen Spind und ließen ihn wie ein Jojo auf und ab hüpfen. Das ist ihr Hobby. Kleinere Kinder auf und ab hüpfen zu lassen.

Und jetzt ratet mal, wer eines ihrer Lieblingsjojos ist?

Na klar. Ich.

Ich wirbelte herum und raste in die andere Richtung. Ich hatte heute keine Lust zu hüpfen. Aber vor allem wollte ich nicht, dass Brian und Donny die Kamera entdeckten.

Also musste ich einen Umweg machen, um ins Klassenzimmer zu gelangen. Ich rannte die ganze Strecke, die Kamera an mich gepresst. Im Laufen übte ich meine Rede.

Vor dem Zimmer stand eine Gruppe schwatzender Schüler, die die Tür blockierten. »Aus dem Weg!«, brüllte ich und drängte mich durch. Ich wollte vor dem Klingeln zu Mr. Saur.

Ich trat ins Zimmer und wurde vom hellen Sonnenlicht geblendet, das durch das Fenster hereinströmte.

Blinzelnd stürzte ich in Richtung Lehrerpult – und blieb auf halbem Wege wie erstarrt stehen.

Mein Herz setzte einen Augenblick aus und vor Entsetzen entfuhr mir ein lautes Stöhnen.

14

»Kann ich etwas für dich tun?«, fragte die junge Frau, die am Pult saß. »Hast du ein Problem?«

Ich starrte sie mit aufgerissenem Mund an und gab keine Antwort. Aus Angst, die Kamera fallen zu lassen, umklammerte ich sie mit beiden Händen.

»Wo ... wo ist denn Mr. Saur?«, presste ich schließlich hervor.

»Der ist krank«, entgegnete sie und musterte mich. »Ich bin Ms. Rose. Ich vertrete ihn heute.«

»Ach ... dann ist er also nicht da?«, stammelte ich mit hoher, schriller Stimme.

Sie nickte. »Ihr habt heute bei mir Unterricht. Kann ich dir vielleicht irgendwie weiterhelfen?«

Ich schaute auf die Kamera. »Nein«, murmelte ich niedergeschlagen. »Nein, Sie können mir nicht helfen.«

Bei Mr. Saur war es in der Klasse nie so laut. Alle schrien und lachten durcheinander. Irgendjemand zielte mit einem Papierkügelchen nach mir. Es prallte von meiner Schulter ab und landete auf Ms. Roses Pult. Aus der letzten Reihe ertönte lautes Lachen.

Vertretungslehrer haben es bei uns immer schwer.

Wenn ein Lehrer nicht kommt, ist das für uns ein Grund zum Feiern. Aber an diesem Tag war ich nicht in Feierstimmung. Ich war so enttäuscht.

Ich schlurfte auf meinen Platz zu, drehte mich dann aber zu Mr. Rose um. »Darf ich die in meinen Spind legen?«, bat ich und hielt die Kamera hoch. »Es dauert nur eine Sekunde. Mein Spind ist gleich vor der Tür.« Ich deutete auf den Gang.

Es klingelte. Sie hielt sich die Ohren zu. Der Lautsprecher war an der Decke direkt über ihrem Pult befestigt.

»Na gut«, sagte sie, als das Klingeln aufhörte. »Aber beeil dich. Wir nehmen heute den Konjunktiv durch und den solltest du nicht verpassen.«

Das konnte ja spannend werden!

Ich bedankte mich und eilte zur Tür. Der lange Gang draußen war leer. Alle waren in ihren Klassenzimmern.

Meine Schritte hallten von den Wänden wider. In meinem Kopf wirbelten die Gedanken. Ich dachte an Mr. Saur und an die Kamera. Ich lasse sie in meinem Spind, bis Mr. Saur wieder da ist, beschloss ich. Ich hatte John zwar versprochen, sie mir nur einen Tag auszuleihen, aber was blieb mir anderes übrig?

Als ich um die Ecke bog, wäre ich fast mit Brian und Donny zusammengestoßen.

»He!«, grunzte Brian.

»He!«, grüßte Donny.

Die beiden sagen häufig »He«. Ich glaube, das ist ihr Lieblingswort.

»Ihr kommt zu spät«, sagte ich und versuchte mich an ihnen vorbeizudrängen.

Aber sie blockierten mir mit ihren fetten Leibern den Weg.

»Sauertopf ist gar nicht da«, verkündete Donny grinsend. »Er ist krank oder so. Wir haben eine Vertretungslehrerin.«

»Erzähl mir mal was, was ich noch nicht weiß«, brummte ich.

»Deshalb haben wir es auch gar nicht eilig«, erklärte Brian. »Wieso sollten wir uns für eine Vertretungsstunde beeilen?«

Ich versuchte zwischen ihnen hindurchzuschlüpfen. Aber sie waren schneller als ich und stellten sich so eng nebeneinander, dass ich glatt von ihnen abprallte.

»Wir tauschen Plätze«, verkündete Brian grinsend. »Ich sage ihr, ich sei Donny, und Donny behauptet, er sei ich.«

»Super Witz!«, erwiderte ich und verdrehte die Augen. »Sehr originell. Dürfte ich jetzt mal vorbei?«

»Keine Chance«, sagte Donny, pumpte seinen Riesenbrustkorb auf und beugte sich drohend vor.

»Wer vorbeiwill, muss löhnen«, erklärte Brian und streckte mir seine Riesenpranke hin.

»Wie hoch ist der Zoll denn?«, fragte ich seufzend.

»Wie viel hast du denn?«, fragte Brian zurück.

Die beiden lachten schallend und klatschten sich gegenseitig auf die Hände. Sie hielten sich mal wieder für besonders komisch.

»Ich muss zu meinem Spind«, drängte ich.

Ich versuchte erneut, mich an ihnen vorbeizudrängeln – da schnappte Brian sich die Kamera.

»He!« Ich griff mit beiden Händen danach. Aber Brian hielt sie sich triumphierend über den Kopf.

»Ach, sieh mal an – Greg hat seine Zauberkamera mit in die Schule gebracht«, rief er Donny zu.

»Oh … ich mach mir gleich in die Hose!«, antwortete Donny spöttisch. Er tat so, als würde er vor lauter Angst schlottern.

»Die Kamera ist verhext!«, schrie Brian und hielt sie so hoch, dass ich trotz meiner verzweifelten Versuche nicht dran kam. »Sie ist verflucht, Donny! Erinnerst du dich nicht mehr an Gregs Referat?«

Donnys hässliches Grinsen wurde immer breiter. »Meinst du etwa das Referat, für das er eine Sechs bekommen hat?«

Beide lachten sich wieder halb tot.

»Komm, wir probieren's mal aus«, schlug Brian vor. »Sag *cheese*, Greg.«

Er hielt sich die Kamera ans Auge und richtete sie auf mich.

»Nein, bitte nicht!«, flehte ich und versuchte wieder, sie mir zu schnappen.

Aber Donny packte mich von hinten und drückte mir die Arme auf den Rücken. »Mach schon. Knips ihn!«, forderte er Brian auf. »Mal schauen, was der Fluch mit Greg macht. Drück ab!«

15

»Bitte nicht!«, wimmerte ich erneut.

Donny hielt mich mit seinen riesigen Pranken fest und presste mir die Arme auf den Rücken.

»Die Kamera ist *wirklich* verflucht!«, rief ich verzweifelt. »Ihr wisst nicht, was ihr da tut. Hört auf!«

Aber natürlich beachtete Brian mich nicht. Sein Finger schwebte über dem Auslöser.

»Brian, bitte!«, heulte ich.

Ich sah, wie er den Finger langsam senkte.

Plötzlich ertönte eine laute Stimme. »Was geht hier vor, Jungs?«

Brian schrie auf und hätte beinahe die Kamera fallen gelassen. Donny ließ meine Arme los und stolperte rückwärts gegen die Wand.

»Mr. Grund!«, rief ich erleichtert.

Mr. Grund ist der Direktor der Pitts-Landing-Middle-School. Er ist jung, blond gelockt und braun gebrannt. Eigentlich hat er mehr Ähnlichkeit mit einem Surfer als mit einem Schuldirektor. Alle Mädchen an unserer Schule sind in ihn verschossen.

Zum ersten Mal in meinem Leben war ich froh, ihn zu sehen.

»Bei wem habt ihr jetzt Unterricht?«, fragte er und warf einen Blick auf die Wanduhr.

»Äh … wir sind bei Mr. Saur«, antwortete Donny und lief rot an.

»Wir wollten Greg nur schnell mit seiner Kamera helfen«, fügte Brian hinzu und gab sie mir zurück.

»Das sieht mir nach einer wertvollen alten Kamera aus«, sagte Mr. Grund zu mir. »Mit der solltest du vorsichtig sein, Greg.«

»Genau das habe ich ja vor«, antwortete ich. »Ich wollte sie schnell in meinen Spind legen.«

Ich drängte mich an Sumo eins und Sumo zwei vorbei und eilte den Gang entlang. Als ich vor meinem Spind stand, hörte ich, wie Mr. Grund die beiden Jungen zusammenstauchte. »Ihr geht beide sofort in eure Klasse. Und benehmt euch bei der Vertretungslehrerin bloß anständig, okay?«

»Okay«, versprach Brian.

»Klar«, pflichtete Donny ihm bei.

Nach der Schule traf ich mich mit Shari und wir machten uns zu zweit auf den Heimweg.

»Was gibt's Neues?«, fragte ich.

»Ich habe eine Eins in Mathe«, verkündete sie.

»Das ist nichts Neues. Du kriegst immer Einser in Mathe«, erinnerte ich sie.

»Na und? Lass mich doch angeben.«

Ich fühlte mich komisch. Müde und irgendwie kraftlos. Als wir nur noch etwa einen halben Straßenblock von zu Hause entfernt waren, blieb ich stehen und nahm meinen Schulranzen ab.

»Was ist?«, erkundigte sich Shari. »Warum zerrst du die ganze Zeit an deinem Schulranzen rum?«

»Ich habe das Gefühl, dass jemand dran rumgefummelt hat«, sagte ich und stellte die Träger ein paar Löcher weiter. »Er saß immer total bequem und jetzt ist er irgendwie zu eng.«

»Wieso sollte sich denn jemand an deinem Schulranzen zu schaffen machen?«, wollte Shari wissen. Sie blies eine Kaugummiblase, die beinahe so groß war wie ihr Kopf.

Ich streckte den Finger aus und ließ sie zerplatzen.

»He!«, beschwerte sie sich, weil der Kaugummi an ihrem Gesicht klebte. »Na? Bist du beeindruckt? Das war die Größte, die ich jemals geschafft habe«, meinte sie dann. »Schade, dass ich kein Foto davon habe.«

»Nimm dieses Wort bloß nicht wieder in den Mund«, brummte ich. »Ich will weder was von Fotos noch von Kameras hören.« Ich hatte ihr schon während der Mittagspause erzählt, dass Mr. Saur gar nicht da gewesen war.

»Wo ist die Kamera überhaupt?«, fragte sie und pulte sich den Kaugummi aus dem Haar.

»Die liegt sicher in meinem Spind«, antwortete ich. Als ich mich umdrehte, sah ich Michael und Bird hinter uns herrennen.

»Hast du den beiden etwa erzählt, dass ich die Kamera geholt habe?«, wollte ich von Shari wissen.

Sie schüttelte den Kopf. »Nein. Sie würden sich total darüber aufregen. Nach all den furchtbaren Sachen, die letzten Sommer passiert sind, wollen sie die Kamera nie mehr sehen. Und ich übrigens auch nicht«, sagte sie und starrte mich böse an.

»He, was gibt's?«, rief Bird, der uns eingeholt hatte. Er schlug mir so fest auf den Rücken, dass ich fast gestolpert wäre.

Michael lachte. »Habt ihr heute Nachmittag irgendwas vor?«

»Nicht viel«, meinte ich und rückte meinen Schulranzen zurecht. Irgendwie saß er immer noch nicht richtig.

»Dann holt eure Räder«, drängte Michael. »Los. Heute ist ein Supertag zum Rad fahren.«

»Klingt gut«, stimmte ich zu. Alles war gut, was mich von Mr. Saur und der verdammten Kamera ablenkte.

»Dann treffen wir uns gleich bei mir«, schlug Shari vor. »Ich muss nur noch meine Mom fragen.«

Michael und Bird liefen nach Hause. Shari und ich überquerten die Straße und gingen auf die beiden benachbarten Häuser zu, in denen wir wohnten.

Meine Eltern waren in der Arbeit und Terry war noch nicht von der Schule zurück. Ich ließ meinen

Schulranzen in der Diele zu Boden fallen. Dann ging ich in die Küche, zog einen Karton O-Saft aus dem Kühlschrank, steckte einen Strohhalm rein und leerte ihn mit zwei großen Zügen.

Ich fühlte mich noch immer schwach. Irgendwie schlapp. Ich hoffte, dass die kleine Radtour mich ein bisschen aufwecken würde.

Meine Jeans war unbequem. Sie kam mir etwas eng vor. Ich rannte in mein Zimmer und zog die superweite Hose an, über die meine Eltern sich immer lustig machen. Sie behaupten, in die Hose würde locker noch einer meiner Freunde reinpassen.

Aber ich mag sie. Ich finde, sie sieht cool aus, und außerdem ist sie unheimlich bequem. Normalerweise trage ich sie nicht, wenn ich Rad fahre. Sie ist so lang und schlabbrig, dass sie sich manchmal in der Kette verfängt.

Als ich nach draußen kam, warteten Bird, Michael und Shari schon auf mich. »Los, Greg«, sagte Bird. »Das Wetter hält sich nicht mehr lang.«

Ich machte das Garagentor auf und trat hinein, wobei ich darauf achtete, nicht in die schwarzen Ölflecke auf dem Betonboden zu treten. Ich hob mein Rad von den Haken an der Wand und schob es auf die Einfahrt hinaus.

Dann gab ich meinen Zirkustrick zum Besten. Das ist meine Lieblingsmethode, um aufs Rad zu steigen.

Ich stütze mich mit beiden Händen auf dem Lenker ab, schwinge mich nach hinten in die Luft und lande breitbeinig auf dem Sattel.

Ich stieß mich vom Boden ab, schwang die Beine hoch und kam auf dem Sattel auf.

Da platzten beide Reifen.

Es knallte und dann hörte ich, wie pfeifend die Luft aus den Reifen entwich, die immer platter wurden.

»He – was ist das!«, schrie ich.

16

»Gut gemacht!«, rief Shari.

Michael und Bird brachen beide in Lachen aus.

»Cooles Rad«, sagte Michael.

»Vielleicht solltest du eine Diät machen!«, meinte Bird.

»Eine Diät?«, wiederholte ich und schluckte. Ich wusste, dass Bird nur einen Witz machte, aber bei seinen Worten lief es mir eiskalt den Rücken hinunter.

Mir stand plötzlich wieder das Foto vor Augen. Das hässliche Foto, das die verhexte Kamera geschossen hatte.

Fett und aufgebläht hatte ich auf dem Bild ausgesehen. Wie ein gigantischer, schwabbeliger, mit Wasser gefüllter Ballon.

Ich spürte, wie mein Gesicht heiß wurde, und wusste, dass ich rot anlief. Meine Freunde starrten mich an. Ich stieg vom Rad.

»Wahrscheinlich bin ich einfach zu hoch gesprungen«, murmelte ich.

»Vielleicht solltest du dir ein Dreirad zulegen«, machte Michael wieder einen seiner lahmen Witze. Niemand lachte.

Ich kniete mich hin und untersuchte die Reifen. Als ich mit dem Finger über das Gummi fuhr, entdeckte ich zwei riesige Löcher.

Es hatte die Schläuche glatt zerrissen. Und dabei waren die Reifen neu.

Ich schob das Rad wieder in die Garage. »Dann nehme ich eben Terrys altes Rad«, sagte ich.

Eigentlich mochte ich sein Rad sogar lieber als meins. Es ist ein 12-Gang-Rad, meins hat nur zehn Gänge. Terry fährt es sowieso fast nicht mehr, seit er den Führerschein hat. Trotzdem hat er was dagegen, wenn ich es mir nehme.

»Setz dich lieber nicht drauf!«, warnte Bird mich. »Vielleicht schiebst du es besser!« Er und Michael lachten und klatschten sich auf die Handflächen.

»Ha – ha«, sagte ich. »Eure Witze sind so platt wie ein platter Reifen.«

»Nein, wie *zwei* platte Reifen!«, kicherte Michael.

»Vielleicht brauchst du ein Mountainbike«, schlug Bird vor. »Was Solides.«

»Vielleicht brauchst du ja einen soliden Kinnhaken«, drohte ich.

»Alles egal – Hauptsache, du setzt dich nicht auf mich!«, kreischte Michael und riss in gespielter Angst beide Fäuste hoch, als müsse er sich schützen.

»Was ist jetzt, fahren wir oder nicht?«, erkundigte sich Shari und blickte seufzend zum grauen Himmel hinauf. »Wenn wir uns nicht beeilen, kommen wir in den Regen.«

Ich setzte mich sehr vorsichtig auf Terrys Rad und rollte den anderen hinterher die Auffahrt hinunter und auf die Straße.

Wir fuhren zuerst ziellos in der Stadt herum. Als wir an das lange, schmale Rasenstück in der Nähe der Schule kamen, lieferten wir uns ein Wettrennen quer über die Wiese.

Wie immer gewann Bird. Er hat das beste Rad und die längsten Beine.

Nach etwa einer Stunde begann es zu nieseln und wir machten kehrt. Ich war froh. Meine Beine fühlten sich bleischwer an und schmerzten.

Als wir durch den Regen radelten, erhaschte ich einen Blick auf Shari, die mich nachdenklich musterte. Sehr nachdenklich.

Obwohl mir der Schweiß über die Stirn perlte, wurde mir auf einmal kalt. Weshalb schaut sie mich so an?, fragte ich mich. Was soll das?

Als ich am folgenden Morgen erwachte, lagen mir zwei Wörter auf den Lippen: Mr. Saur.

Heute zeige ich ihm endlich die Kamera, sagte ich mir gähnend und streckte mich ausgiebig. Und dann gibt er mir eine bessere Note.

Ich stand, immer noch gähnend, auf und rieb mir die Augen. Da bemerkte ich, dass mir während der Nacht das Kopfkissen auf den Boden gefallen war.

Als ich mich vorbeugte, um es aufzuheben, spürte ich, dass meine Schlafanzugjacke spannte. Sämtliche Knöpfe platzten ab und sprangen auf den Boden.

»Was?« Ich riss überrascht den Mund auf – und hörte ein lang gezogenes Ratschen. Es dauerte ein paar Augenblicke, bis ich begriff, dass meine Schlafanzughose hinten aufgerissen war.

»O nein!«, stöhnte ich.

Der Kragen meines Schlafanzugs schnitt mir in den Hals. Ich wollte ihn etwas lockern – da platzten mir an den Schultern beide Ärmel auf!

Ich erhob mich mit klopfendem Herzen und tappte quer durchs Zimmer zum Spiegel. Ich zitterte am ganzen Körper, als ich mich davor stellte. Ängstlich schloss ich die Augen. Ich wagte nicht, sie zu öffnen.

Aber ich hatte keine andere Wahl. Ich musste es wissen.

Langsam, ganz langsam öffnete ich erst ein Auge und dann das andere. Ich holte tief Luft und starrte auf mein Spiegelbild.

War der Schnappschuss Wirklichkeit geworden? Wog ich etwa zweihundert Kilo?

17

Ich beugte mich vor und betrachtete mein Spiegelbild. Nein. Keine zweihundert Kilo.

Ich sah nicht besonders verändert aus. Vielleicht ein kleines bisschen verquollen. Meine Backen waren eine Spur fülliger, die Schultern ein bisschen breiter.

Als ich zurücktrat, um den Rest meines Körpers zu begutachten, kam meine Mutter ins Zimmer.

»Greg, was machst du denn? Du kommst noch zu spät zur Schule.«

Ich drehte mich um. »Mom, ich bin letzte Nacht gewachsen!«, brach es aus mir heraus. »Mein ... mein Schlafanzug ist zerrissen.«

Sie betrachtete meine Schlafanzugjacke mit zusammengekniffenen Augen. »Unsinn, du bist nicht über

Nacht gewachsen«, sagte sie ruhig. »Der Schlafanzug war dir doch schon lange zu klein.«

Ich wandte mich wieder meinem Spiegelbild zu. »Wirklich?«

Vielleicht hatte Mom Recht. Vielleicht wurde ich nicht dick. Womöglich bildete ich mir das alles nur ein.

Ich drehte mich wieder zu ihr um. »Wie sehe ich aus?«

Sie zuckte mit den Schultern. »Normal. Gut.«

»Ja, aber bin ich nicht dicker als sonst?«

Sie betrachtete mich einen Augenblick. »Hm, jetzt wo du es sagst ...« Ihre Stimme wurde nachdenklich.

»Was ist?«, fragte ich.

»Vielleicht isst du deine Cornflakes heute besser mit *fettarmer* Milch.«

»Hallo, Greg. Na, haben wir etwas zugenommen?«

So begrüßte mich Mr. Saur, als ich vor der Englischstunde an sein Pult eilte.

Seine Worte jagten mir einen kalten Schauder über den Rücken. Aber ich wollte nicht weiter darüber nachdenken. Ich hielt ihm die Kamera entgegen. »Mr. Saur, hier, ich wollte Ihnen etwas zeigen.«

Er betrachtete die Kamera und runzelte die Stirn. »Willst du ein Foto von mir machen? Ich habe mich bereits fürs Jahrbuch fotografieren lassen, Greg.«

»Nein«, antwortete ich. »Das ist die Kamera, von der ich in meinem Referat ...«

Er brachte mich mit einer Handbewegung zum Schweigen. »Nicht jetzt, Greg«, sagte er und erhob sich.

»Aber, Mr. Saur«, protestierte ich.

Er schaute über mich hinweg. Als ich seinem Blick folgte, sah ich Mr. Grund in der Tür stehen. Mr. Saur ging auf ihn zu, um mit ihm zu reden.

Die beiden unterhielten sich, bis es klingelte. Anschließend kehrte Mr. Saur wieder zu seinem Pult zurück, um mit dem Unterricht zu beginnen.

»Es tut mir Leid, dass ich gestern nicht da war«, sagte er. »Aber ich habe gehört, dass ihr sehr viel Spaß mit dem Konjunktiv hattet.«

Ich stand nach wie vor mit der Kamera in der Hand neben dem Pult. Mr. Saur entdeckte mich erst, als er zur Tafel ging und den Kopf drehte.

»Greg, setz dich bitte an deinen Platz«, wies er mich an. »Wir haben heute eine Menge vor.«

»Aber, Mr. Saur«, stotterte ich und hob die Kamera.

»An deinen Platz!«, herrschte er mich an.

Ich hatte keine andere Wahl. Seufzend schlurfte ich zu meinem Platz in der letzten Reihe.

Wie soll ich ihm denn beweisen, dass meine Geschichte wahr ist, wenn er mir nicht zuhört?, fragte ich mich unglücklich.

»So, heute hören wir weitere Referate zu unserem

Thema ›Eine wahre Geschichte‹«, verkündete Mr. Saur der Klasse. Er wandte sich an ein Mädchen in der ersten Reihe. »Marci, ich glaube, du bist dran. Wovon wirst du uns erzählen?«

Marci Ryder stand auf. »Von meiner Katze Schnucki. Schnucki ist immer so süß und bringt unsere ganze Familie zum Lachen.«

Ich stöhnte innerlich auf. Wie langweilig! Ein paar andere Kinder ächzten laut.

Aber Mr. Saur lächelte. Das hatte es noch nie gegeben!

Er schnurrte geradezu! »Ich mag Katzen«, sagte er zu Marci. »Ich besitze selbst sechs Stück!«

Widerlich!, dachte ich. Sechs Katzen!

Ich halte es einfach nicht aus, mir ein langweiliges Referat über eine langweilige Katze anzuhören, sagte ich mir.

Ich hob meine Hand und wedelte aufgeregt damit in der Luft herum. »Mr. Saur? Mr. Saur?«

Sein Lächeln erstarb. »Greg – was ist jetzt schon wieder?«, fragte er.

»Äh ... nur ganz kurz, bevor Marci anfängt«, sagte ich. »Darf ich Ihnen schnell die Kamera zeigen? Sie wissen schon, die aus meinem Referat. Sie haben doch gesagt, ich soll sie mitbringen und Ihnen beweisen, dass sie verhext ist. Dann würden Sie mir eine bessere Note geben.«

Mr. Saur rieb sich das Kinn und sah mich mit gerunzelter Stirn an. »Marci ist aber dran«, erwiderte er ungerührt. »Es sind alle schon sehr gespannt auf Schnuckis Abenteuer.«

»Aber, Mr. Saur – Sie haben es mir versprochen!«, schrie ich.

Ein paar Kinder kicherten. Meine Stimme klang so schrill wie die eines Mädchens.

»Nein, Greg, du wirst mich nicht umstimmen«, entgegnete Mr. Saur streng.

»Aber ich kann es beweisen!«, bettelte ich. »Ich kann Ihnen beweisen, dass die Kamera verhext ist.«

Immer mehr Kinder kicherten.

»Greg ist selbst verhext!«, grölte Donny.

Das brachte ihm laute Lacher ein.

»Greg ist bööööööse!«, schrie jemand anderes.

Wieder lautes Lachen.

Mr. Saur knallte mit seinem Bambuszeigestock auf die Tafel. »Ruhe!« Er seufzte und winkte mich zu sich. »Gut, Greg. Eine Minute. Es ist den anderen gegenüber zwar nicht fair, dir Extrazeit zu geben, aber du bekommst eine Minute, um uns deine Kamera zu zeigen.«

Eine Minute!

Mehr brauchte ich nicht.

Ich fühlte in meiner Hemdtasche nach, ob ich das Foto von John dabeihatte. Wenn Sauertopf das Foto sah und erfuhr, was John an diesem Abend passiert war, musste er mir einfach glauben.

»Los«, drängte er mich. »Mach schon. Du hast nur eine Minute.«

»Komme schon«, erwiderte ich und wollte rasch aufspringen, aber es ging nicht.

Ich versuchte es noch einmal. Und noch einmal.

Wir haben in unserer Schule solche Stühle, an denen vorne eine kleine Tischplatte angeschraubt ist.

Und ich klemmte fest. Ich war so fett, dass ich nicht rauskam!

18

Was war bloß los? Ich spürte, wie von tief unten aus meinem Bauch Panik in mir aufstieg. Tief unten aus meinem fetten Schwabbelbauch.

Ich hatte mich problemlos in den Stuhl gesetzt. Das war doch gerade mal ein paar Minuten her. Und jetzt steckte ich darin fest. Ich musste an die fünfzig Kilo zugenommen haben, seit ich mich hingesetzt hatte!

»Greg, wir warten.« Mr. Saur verdrehte die Augen zum Himmel und klopfte ungeduldig mit seinem Zeigestock auf die Tafel.

Beim vierten Versuch gelang es mir schließlich, mich aus dem Stuhl zu winden. Vorsichtig die Kamera in den Händen haltend, stapfte ich nach vorne.

»Das ist sie«, sagte ich zu Mr. Saur. »Ich habe sie mit meinen Freunden in einem unbewohnten Haus gefunden. Genau wie ich es Ihnen in meinem Referat erzählt habe. Die Kamera ist verflucht und …«

Er nahm mir die Kamera aus den Händen und untersuchte sie. Nachdem er sie hin und her gedreht hatte, hielt er sie sich dicht vor die Augen und schaute durch den Sucher.

»Nein – nicht!«, kreischte ich. »Machen Sie bloß kein Foto!«

Er senkte die Kamera. »Und wieso soll ich dir glauben, dass dieser Apparat verhext ist, wenn ich nicht einmal ein Bild damit machen darf?«

Ich griff in meine Hemdtasche. »Ich habe ein Foto mit«, erklärte ich ihm, »das beweist, dass ich die Wahrheit gesagt habe.«

Meine Finger waren so fleischig, dass ich Schwierigkeiten hatte, sie in meine Tasche zu stecken. Meine Hände fühlten sich wie wabbelige Teigklumpen an. Sie waren so dick, dass ich sie nicht mehr zur Faust ballen konnte!

Fast hätte ich meine Hemdtasche abgerissen, als ich versuchte, den Schnappschuss von John aus der Hemdtasche zu ziehen.

Aber dann hatte ich ihn endlich und hielt ihn Mr. Saur vors Gesicht. »Da. Sehen Sie!«

Er nahm das Bild und betrachtete es.

»Der Junge heißt John«, berichtete ich. »Ich habe das Bild vor zwei Tagen aufgenommen. Da war er noch ganz gesund. Aber das Foto zeigt ihn mit einem Nagel im Fuß. Zwei Minuten später wurde das Bild Wirklichkeit. John steckte der Nagel im Fuß und sein Vater musste ihn ins Krankenhaus bringen.«

Mr. Saur brach in schallendes Gelächter aus.

Wieder eine Premiere. Er hatte noch nie vor der Klasse gelacht.

»Das ist nicht komisch«, meinte ich. »Der arme John hatte solche Schmerzen. Er ...«

»Mit dem Trick kriegst du mich nicht dran«, sagte Mr. Saur, ohne den Blick vom Foto zu nehmen.

»Was?« Ich verstand ihn nicht.

»So etwas gibt es doch in jedem Scherzartikelladen. Ich hatte als Kind mal einen Pfeil, den man sich so am Körper befestigen konnte, dass es so aussah, als hätte einem jemand durch den Kopf geschossen. Dasselbe gibt es wahrscheinlich auch als Nagel.«

»Aber der Nagel ist echt!«, rief ich. »Man sieht genau, wie weh es ihm getan hat! Schauen Sie sich mal sein Gesicht an!«

»Dein Freund ist eben ein guter Schauspieler«, sagte Mr. Saur.

»Nein!«, kreischte ich. »Er ist nicht mein Freund. Ich kenne ihn noch nicht mal! Sie müssen mir glauben!«

Mr. Saur sah auf die Uhr. »Die Zeit ist um«, verkündete er.

»Aber Sie haben es mir doch versprochen.«

»Setz dich wieder hin, Greg«, befahl er mir. »Du kannst mich mit dieser alten Kamera und deinem Witzbildchen nicht auf den Arm nehmen.«

»Du hast verloren, Greg!«, höhnte Donny.

»Du bist *verhext*, Greg!«, rief Brian hinterher.

Alle lachten. Mein Gesicht lief rot an. Puterrot.

Ich hätte explodieren können. Vor Verlegenheit und Wut und weil er mich so gedemütigt hatte.

»Du gibst dir solche Mühe, mich zu überzeugen, dass ich dir dafür beinahe eine Eins geben sollte«, sagte Mr. Saur kühl. »Aber weil das den anderen gegenüber ungerecht wäre, bleibt es bei der Sechs.«

Ich hielt es nicht mehr aus. Ich stieß einen markerschütternden Wutschrei aus – und rannte zur Tür.

Zumindest *versuchte* ich zu rennen. Aber ich war zu fett, um mich schnell zu bewegen. Ich konnte nur noch watscheln.

»Greg, wo gehst du hin?«, rief Mr. Saur hinter mir.

Ich tat so, als würde ich ihn nicht hören, und schleppte mich zur Tür. Die Kamera unter einen Schwabbelarm geklemmt, zog ich mit der anderen

Hand die Tür auf und trat in den stillen, leeren Gang hinaus.

Noch immer rief Mr. Saur nach mir und die Kinder redeten aufgeregt durcheinander und lachten.

Ich knallte die Tür hinter mir zu und stapfte los. Einen Plan hatte ich nicht. Ich wusste nicht, wohin ich gehen sollte. Ich war so sauer, dass ich am liebsten geheult, geschrien und mit den Fäusten gegen die Wände gehämmert hätte.

Als ich um die Ecke bog, sah ich Shari am anderen Ende des Gangs stehen.

»Greg!«, rief sie überrascht. »Was ist los?«

Sie trug einen kurzen schwarzen Rock und blaue Strumpfhosen und wollte auf mich zurennen.

Aber sie hatte kaum vier Schritte gemacht, als sie aufschrie – ihr Rock rutschte zu Boden.

19

»Ich glaube es einfach nicht!«, heulte Shari.

Wir starrten beide auf den Rock, der ihr lose um die Knöchel hing.

Sie ließ ihre Bücher fallen und bückte sich, um ihn wieder hochzuziehen.

Normalerweise wäre ich in schallendes Gelächter ausgebrochen, aber sie machte einen so verzweifelten Eindruck, dass ich nur stumm dastand.

»Ich … ich nehme ab!«, stammelte sie und strich ihren Rock wieder glatt. »Heute Morgen habe ich mich gewogen. Ich habe vier Kilo abgenommen!«

»Echt?« Ich schüttelte erstaunt den Kopf. *Warum nahm sie denn ab?*

Ich versuchte sie aufzumuntern. »Ach, komm … vier Kilo sind nicht so viel«, sagte ich. Mir war klar, dass das kein Trost war. Aber etwas anderes fiel mir nicht ein.

»Ich habe sowieso nur 40 Kilo gewogen, Greg«, erwiderte sie gereizt. »Jetzt bin ich auf 36 runter. Mein Rock passt nicht mehr. Alle meine Klamotten schlabbern an mir rum.«

»Vielleicht solltest du etwas mehr zu Mittag essen …«, schlug ich vor.

»Du bist gar keine Hilfe!«, fuhr sie mich an.

»Schau *mich* doch mal an!«, schrie ich und breitete die Arme aus, damit sie meine Riesenwampe bewundern konnte. »Ich muss über Nacht hundert Kilo zugenommen haben! Vorhin bin ich in meinem Stuhl stecken geblieben!«

Sie betrachtete mich von oben bis unten. Vor lauter Kummer über ihre Gewichtsabnahme, hatte sie mich gar nicht richtig angeschaut.

Sie kniff die Augen zusammen und begann dann zu kichern. »O Mann, das ist ja widerlich. Du siehst echt merkwürdig aus!«

»Tausend Dank«, seufzte ich.

»Und was machen wir jetzt?«, fragte sie. »Was passiert da mit uns? Und warum?«

Ich wollte gerade antworten, als ich Schritte hörte, die sich uns näherten.

Shari hatte sie auch gehört. »Komm, gehen wir!«, drängte sie. »Schnell. Hilf mir mal, die Bücher aufzusammeln.«

Als ich mich nach den Büchern bückte, platzte – *ratsch* – mein Hosenboden auf.

Nach der Schule spielten Bird und Michael mit ein paar anderen auf dem Baseballfeld hinter der Schule Softball. Ich hatte keine Lust mitzumachen. Ich wollte nicht, dass alle sahen, wie ich immer fetter wurde.

Aber sie zogen mich mit aufs Spielfeld.

Womöglich fällt es ihnen gar nicht auf, dachte ich hoffnungsvoll. Vielleicht merken sie überhaupt nicht, dass ich ein bisschen zugenommen habe – seit heute Morgen!

Das T-Shirt spannte über meinem hervorquellenden Bauch. Es schnürte mich so ein, dass ich die Arme kaum heben konnte. Meine zerrissene Jeans saß eng wie eine Strumpfhose.

Vielleicht sieht man es mir wirklich nicht an, redete ich mir ein, während ich schwerfällig aufs Spielfeld trottete.

»He, Greg«, rief Bird, der auf dem Wurfmal stand. »Machst du etwa die FDD-Diät? Friss das Doppelte?«

Alle johlten und lachten. Ein paar Jungs wälzten sich im Gras und heulten wie Hyänen.

Michael zeigte mit dem Finger auf mich. »He, da steht Sumo drei!«, schrie er.

»Sumo drei *und* Sumo vier!«, grölte jemand anderes.

Noch mehr Gejohle und Gelächter ertönte.

»Lasst mich in Ruhe!«, brummte ich wütend.

»Lasst ihn in Ruhe essen!«, rief Michael.

Das war nicht witzig, aber trotzdem lachten alle.

Sie bildeten einen Kreis um mich und schüttelten die Köpfe.

»Komisch«, murmelte Bird. »Wie kommt es, dass du seit gestern hundert Kilo zugenommen hast?«

Ich wollte nicht darüber sprechen. »Also, spielen wir jetzt oder was?«, fragte ich.

Natürlich hätte ich Bird und Michael unheimlich gern erzählt, warum ich plötzlich so aus dem Leim ging. Dass ich die unheimliche Kamera geholt und Shari mich damit fotografiert hatte. Und dass ich auf dem Bild mindestens zweihundert Kilo schwer war. Und dass es jetzt Wirklichkeit wurde.

Aber ich traute mich nicht. Sie hatten mich davor gewarnt, zum Coffman-Haus zurückzugehen. Sie waren total dagegen gewesen, dass ich die Kamera holte.

Wenn ich ihnen jetzt die Wahrheit sagte, würden sie mich für einen kompletten Idioten halten.

Deshalb hielt ich den Mund und versuchte mich auf das Spiel zu konzentrieren. Zuerst lief es sogar recht gut – bis zum dritten Durchgang, als ich mit Schlagen dran war. Ich schlug den Ball über den Kopf des zweiten Malspielers und watschelte auf das erste Laufmal zu.

Ich war schon total außer Atem, als ich dort ankam. Aber der Ball rollte weiter ins Außenfeld. »Weiterrennen!«, feuerten mich meine Mannschaftskollegen an. »Greg – renn aufs zweite!«

Schnaufend und keuchend hob ich meine schweren Beine und machte mich auf den Weg zum zweiten Mal.

»Wirf dich auf den Boden und rutsch rein!«, brüllten alle.

Ich gehorchte, ließ mich hinfallen und schlitterte auf dem Rücken ins zweite Mal. Geschafft!

Doch dann konnte ich nicht mehr aufstehen. Ich hatte nicht die Kraft, meinen dicken Leib hochzustemmen.

Ich sehe sicher aus wie ein fetter Käfer, der hilflos auf dem Rücken liegt, schoss es mir durch den Kopf.

Ich versuchte, mich zur Seite zu rollen und schaukelnd auf die Beine zu kommen. Zwecklos. Schließlich blieb mir nichts anderes übrig, als meine Freunde um Hilfe anzuflehen.

Als ich meinen schweren Körper nach Hause geschleppt hatte, war ich völlig erschöpft. Der Schweiß tropfte mir von der Stirn und rollte mir über die Pausbacken und Doppelkinne.

Meine Kleidung lag so eng am Körper an, dass ich kaum Luft bekam. Selbst die Schuhe zwickten!

Ich halte das nicht aus! Ich muss etwas Bequemes anziehen, beschloss ich.

Da fiel mir die riesige Schlabberhose ein, die ich am Vortag zum Rad fahren angehabt hatte.

Ich hievte meinen fleischigen Körper zur Kommode, beugte mich ächzend vor und nahm die Hose aus der Schublade. Voller Freude, endlich etwas Bequemes am Leib zu haben, kletterte ich hinein und zog sie hoch.

Ich zog fester und zerrte an der Hose. Dann schrie ich vor Entsetzen auf.

Die Schlabberhose saß hauteng!

20

An diesem Tag nahm ich bestimmt an die hundertfünfzig Kilo zu. Am Abend konnte ich kaum noch gehen.

»Dass muss eine Art Allergie sein«, vermutete Mom.

Ich starrte sie an. »Wie bitte? Was?«

»Du hast bestimmt irgendetwas gegessen, das dir nicht bekommen ist«, sagte sie. »Man schwillt nicht einfach so über Nacht an wie ein Ballon.«

Dad betrachtete mich grübelnd. Er bemühte sich zwar um eine gelassene Miene, aber ich konnte ihm anmerken, was für Sorgen er sich machte. »Isst du nach der Schule viele Süßigkeiten?«, fragte er.

Mom schüttelte den Kopf. »Selbst wenn er ständig Süßigkeiten essen würde, wäre er nicht so dick«, sagte sie bestimmt.

»Dann sollten wir ihn am besten von einem Arzt untersuchen lassen, der sich mit Allergien auskennt«, murmelte Dad und rieb sich das Kinn.

»Zuerst bringe ich ihn zu Dr. Weiss«, entschied Mom. »Der kann uns dann einen Facharzt empfehlen.«

Die beiden begannen sich darüber zu streiten, zu welcher Art von Arzt ich sollte.

Ich watschelte aus dem Zimmer. Ich brauchte meine ganze Kraft, um überhaupt meine fetten Beine zu heben. Meine Kinne hingen mir bis auf die Brust herab und mein Schwabbelbauch wabbelte vor mir aus dem Zimmer.

Ich wusste genau, dass kein Arzt der Welt mir helfen konnte. Ich hatte keine Allergie und es lag auch nicht an Süßigkeiten, dass ich so fett wurde.

Das Bild aus der verhexten Kamera war schuld daran, dass ich immer dicker wurde. Das Foto wurde Wirklichkeit. Ärzte konnten da nichts ausrichten und auch Diäten nützten nichts.

Bevor ich ins Bett ging, bat ich meine Eltern, zu Hause bleiben zu dürfen. »Bitte zwingt mich nicht, so in die Schule zu gehen«, bettelte ich sie an. »Alle werden mich auslachen. Ich schäme mich so.«

»Du kannst nicht einfach im Unterricht fehlen«, sagte mein Dad. »Was willst du machen, falls es noch Wochen dauert, bis du wieder normal wirst?«

»Die anderen werden dich schon nicht auslachen«, fügte Mom hinzu. »Deine Freunde sehen doch selbst, dass du krank bist.«

Ich jammerte und flehte. Ich ging sogar vor ihnen auf die fetten Knie, um sie zu erweichen.

Und was erreichte ich? Nichts.

»Du brauchst dich wirklich nicht zu schämen«, sagte mein Vater am nächsten Tag, als ich zur Haustür watschelte, um zur Schule zu gehen.

Ich brauchte mich nicht zu schämen?

Ich hatte einen seiner schlabbrigen Jogginganzüge an – und sogar der saß straff wie eine Wurstpelle!

Es war mir schon peinlich, nur die Straße entlangzugehen. Jedes Mal, wenn ein Wagen an mir vorüberfuhr, spürte ich die Blicke der Insassen. Sie lachten über den dicken Wackelpudding, der da durch die Straßen walzte.

Eigentlich hatte ich gar nicht zu Fuß zur Schule gehen wollen. Aber meine Eltern fahren einen Honda Civic – und in den passte ich nicht rein!

Als ich meinen Fettkörper durch die Eingangstür der Schule zwängte, starrten mich alle Kinder an. Aber sie waren nett. Niemand machte Witze. Um genau zu sein, redeten sie gar nicht mit mir.

Ich glaube, sie hatten Angst, auf mich zuzugehen. Angst, dass ich aus Versehen auf sie fallen könnte. Ich sah wirklich aus wie ein lebendig gewordenes Michelinmännchen!

Der Vormittag verlief ganz gut. Ich blieb für mich und versuchte mich möglichst unauffällig in Ecken aufzuhalten. Meine Größe machte es mir zwar nicht leicht, unauffällig zu sein, aber ich wurde in Ruhe gelassen.

Bis ich Mr. Saurs Klasse betrat.

Er war so säuerlich-kühl wie immer und demütigte mich vor der ganzen Klasse.

»Ich glaube ja nicht, dass du in den Stuhl passt,

Greg«, meinte er und rollte seinen Zeigestock zwischen den Handflächen. »Wie wäre es, wenn du dich ans Fenster stellst?«

Wortlos watschelte ich zum Fenster.

Im Zimmer wurde es still. Keines der anderen Kinder lachte. Sie begriffen alle, dass irgendetwas Schlimmes mit mir los war.

Aber Mr. Saur ließ nicht locker.

»Nein, Greg, vergiss das mit dem Fenster«, sagte er. »Wenn du da stehst, dringt kein Sonnenstrahl mehr ins Zimmer.« Und dann lächelte er fies.

Auch diesmal lachte niemand. Ich glaube, ich tat den anderen Leid. Sogar Donny und Brian blieben still.

»Ich schlage vor, dass du zur Schulschwester gehst«, fuhr Mr. Saur fort. »Ich möchte, dass sie die vier Nährstoffgruppen mit dir bespricht. Ich fürchte, du isst von allen vieren zu viel!«

Das sollte wohl ein gemeiner Witz sein, aber noch immer lachte keiner.

Ich drehte mich schwerfällig um und sah ihn an. Meinte er das ernst? Wollte er mich tatsächlich zur Schulschwester schicken?

»Hopp, geh schon«, sagte er und deutete auf die Tür.

Ich walzte an Donny vorbei aus dem Zimmer. Ich erwartete eigentlich, dass er seinen Riesenfuß in den Gang strecken und mir ein Bein stellen würde, wie er es immer macht.

Aber er starrte so bewegungslos und schweigend geradeaus wie alle anderen in der Klasse.

Ich war erleichtert, denn wenn er mich hätte stolpern lassen, wäre ich nie mehr auf die Beine gekommen.

Als ich mich den Gang entlangschleppte, dachte ich zornig über Mr. Saur nach. Warum machte er vor der ganzen Klasse Witze über mich? Warum war er so grausam zu mir?

Ich fand keine Antwort auf diese Fragen. Außerdem war ich zu wütend, um klar zu denken. Aber ich würde es ihm heimzahlen, schwor ich mir. Mir würde schon etwas einfallen, um den alten Sauertopf vor allen anderen zu demütigen.

Verdrießlich stapfte ich zum Krankenzimmer. Aber als ich das Mädchen sah, das auf einem Stuhl im Wartezimmer kauerte, vergaß ich meinen Ärger. Ich blieb in der Tür stehen und starrte es an.

Ich brauchte nur ein paar Sekunden, bis ich es erkannte.

Shari!

Ihre Jeans und ihr T-Shirt schienen an die zehn Nummern zu groß zu sein. Ihre dünnen Arme glichen Zahnstochern. Ihr Gesicht war bleich und runzlig, ihr Kopf geschrumpft. Er sah aus wie eine winzige vertrocknete Zitrone, die auf eine Spagetti gespießt war.

»Greg«, flüsterte sie schwach. »Bist du das in dem Fettkloß?«

»Shari!«, rief ich. »Wie viel hast du abgenommen?«

»Ich ... ich weiß es nicht«, stammelte sie. »Schau mich an. Ich schrumpfe. Ich werde immer leichter. Es hat Stunden gedauert, bis ich heute Morgen in der Schule war, weil der Wind mich immer wieder zurückgeweht hat!«

»Bist du krank?«, fragte ich.

Sie sah mich aufgebracht an. »Ich bin nicht krank und du bist es genauso wenig«, erklärte sie mit dünner, kraftloser Stimme. »Ich schrumpfe und du wirst immer fetter – und das liegt nur an den Fotos.«

Ich seufzte und hob meinen schweren Bauch mit beiden Händen an, damit ich überhaupt durch die Tür passte.

»Was sollen wir denn tun, Shari?«, flüsterte ich. »Du hast ja Recht – es liegt an den Fotos. Aber was tun wir dagegen?«

21

Mein Dad holte mich von der Schule ab. Er hatte einen Bus gemietet, da ich ja nicht in unseren Wagen passte. Dad musste mich von außen schieben, damit ich überhaupt reinkam. Mein Riesenleib nahm die ganze Breite der Rückbank ein.

Der Sicherheitsgurt war nicht lang genug für meine Wampe, also schnallte ich mich gar nicht an.

»Dr. Weiss wird schon wissen, wie wir dich schnell wieder auf Normalgröße kriegen«, tröstete mich mein Vater, der mir Mut machen wollte. Aber ich merkte ihm trotzdem an, dass er beunruhigt war.

Er fuhr mich im Schneckentempo ans andere Ende der Stadt zu Dr. Weiss. Schneller konnte er nicht fahren, weil der Bus so schwer war – meinetwegen!

Dr. Weiss war ein netter, älterer Mann mit strahlend blauen Augen und zerzausten, langen weißen Haaren. Er redet mit allen Kindern so, als wären sie Zweijährige. Und nach der Untersuchung drückt er mir immer einen Lolli in die Hand. Dabei bin ich zwölf!

Ich bezweifelte allerdings, dass er mir diesmal einen Lolli geben würde.

Als ich die Waage erklomm, machte er »Ts-ts«, aber er konnte mich nicht wiegen. Ich wog mehr, als die Waage anzeigte!

Er hatte auch Schwierigkeiten, meine Herztöne abzuhören, weil sein Stethoskop in den Fettfalten meiner Brust stecken blieb.

Während er alle möglichen Untersuchungen an mir vornahm, wurde sein Gesichtsausdruck immer nachdenklicher und angespannter.

»Ich schicke die Blutproben gleich ans Labor«, sagte er. »In ein paar Tagen bekommen wir dann Bescheid.«

Er schüttelte den Kopf und runzelte die Stirn. Seine blauen Augen verdüsterten sich. »Ich habe so etwas noch nie gesehen, Greg«, sagte er leise. »Ich habe keine Ahnung, was mit dir los sein könnte.«

Ich selbst hatte sehr wohl eine Ahnung. Ich wusste ganz genau, was mit mir los war.

Sobald ich zu Hause war, schleppte ich mich in mein Zimmer und griff nach dem Telefon. Es bedurfte einer enormen Anstrengung, meinen fetten Schwabbelarm hochzuheben und den Hörer an mein aufgedunsenes Gesicht zu halten.

Ich rief Shari an. Dazu waren drei Versuche nötig, weil ich mit meinen Wurstfingern immer zwei Knöpfe auf einmal drückte.

Beim dritten Klingeln hob sie ab. »Hallo?« Ihre Stimme klang so dünn und schwach, dass ich sie kaum verstehen konnte.

»Ich komme zu dir«, kündigte ich ihr an. »Und ich bringe die Kamera mit.«

»Du brauchst nicht zu schreien!«, piepste sie und fügte dann hinzu: »Mach schnell, Greg. Ich habe schon wieder fast drei Kilo abgenommen. Ich bin so leicht, dass ich Angst habe wegzufliegen.«

»Bin gleich da«, antwortete ich. »Wir denken uns was aus, um uns zu retten.«

Ich legte auf. Dann holte ich behutsam die Kamera

aus ihrem Versteck in der Schublade mit der Unterwäsche. Ich musste mich vorbeugen, um überhaupt hinzukommen. Dabei keuchte ich und prustete und rang nach Atem.

Wenn ich noch fetter werde, explodiere ich, dachte ich verzweifelt.

Vorsichtig die Kamera an mich gedrückt, hievte ich mich die Treppe hinunter. »Ich gehe nur kurz zu Shari rüber«, rief ich meinen Eltern zu.

Die beiden saßen im Wohnzimmer und besprachen, was Dr. Weiss gesagt hatte.

»Es regnet«, rief meine Mutter. »Nimm einen Regenschirm mit.«

»Ich gehe doch nur nach nebenan«, schrie ich zurück.

Außerdem gab es keinen Regenschirm, der breit genug für mich gewesen wäre.

Ich spähte nach draußen. Der Regen war nicht stark, es nieselte nur.

Ich klemmte die Kamera unter die Fettwülste eines Arms und zog die Tür auf. Ich wollte gerade ins Freie treten, als ich einen dunkelhaarigen Jungen die Auffahrt hinaufgehen sah. Abrupt blieb ich stehen.

Es war John!

»O nein!«, murmelte ich. Ich wusste genau, warum er gekommen war. Er wollte seine Kamera zurück.

Aber ich konnte sie ihm nicht geben. Ich brauchte sie, um Shari und mich zu retten.

Ich beobachtete erstarrt, wie er langsam und wegen des Regens mit gesenktem Kopf auf mich zukam.

Was mache ich nur?, fragte ich mich panisch. Ich kann ihm die Kamera nicht geben. Unmöglich!

Ich schlüpfe schnell ins Haus zurück und verstecke mich, beschloss ich. Schwerfällig drehte ich mich um.

Zu spät.

John hatte mich bereits gesehen.

22

Er winkte und rannte auf das Haus zu.

Ich legte die Kamera, die ich in der Hand hielt, vorsichtig auf den Boden und stellte mich davor. Ich wusste, dass mein Riesenleib sie verstecken würde.

Aber was sollte ich zu John sagen? Wie sollte ich ihm nur klarmachen, dass ich die Kamera noch ein Weilchen brauchte?

»Hallo!«

»Hallo!«, ertönte meine Stimme etwas gedämpft aus den Fleischwülsten meines Gesichts.

»Ich suche einen Jungen, der hier irgendwo wohnt«, sagte John und trat auf die Eingangsstufen. »Er heißt

Greg und ist etwa so alt wie ich. Kennst du ihn? Er hat eine Kamera von mir.«

Ich glotzte ihn an. Mir fiel glatt die Kinnlade runter. Ich spürte, wie meine Doppelkinne auf die Brust klatschten.

»Wie soll er heißen?«, stieß ich hervor.

»Greg«, wiederholte John. »Den Nachnamen weiß ich nicht. Wohnt er hier?«

Er erkennt mich nicht!, begriff ich. Ich bin so fett, dass er mich nicht erkennt!

»Äh ... ja, ich glaube, ich weiß, wen du meinst«, entgegnete ich. »Ich kenne einen Greg, der da drüben wohnt.« Ich deutete die Straße hinauf.

»Weißt du, in welchem Haus?«, fragte John und schaute in die Richtung, in die ich zeigte.

»Es ist etwa vier Ecken weiter«, log ich. »So ein riesiges Backsteingebäude. Du kannst es gar nicht verfehlen. Es ist das einzige Backsteinhaus in der Straße.«

»He, danke«, sagte John. Es hatte stärker zu regnen begonnen. Er drehte sich schnell um und rannte die Einfahrt hinunter.

Puh, das war knapp!, dachte ich.

Ich hatte ein schlechtes Gewissen, weil ich John belogen hatte. Aber ich musste lügen. Ich konnte ihm die Kamera nicht geben – auf keinen Fall. Sie war zu gefährlich.

Ich sah ihm nach, bis er hinter einer Hecke verschwunden war, dann griff ich mit meinen Wurstfingern nach der Kamera. Ich hob sie auf und watschelte durch den Vorgarten zum Nachbarhaus.

Shari erwartete mich schon an der Tür. Ich merkte an ihrem Blick, dass es sie erschreckte, wie beleibt ich geworden war.

Ich selbst war von ihr aber auch geschockt. Sie sah allmählich aus wie ein Strichmännchen.

Als sie mich in ihr Zimmer führte, stolperte sie immer wieder über ihre Jeans, die ihr über die Füße schlabberte. Sie musste einen Knoten in den Gürtel machen, damit die Hose ihr nicht von der winzigen Wespentaille rutschte.

»Wenn ich noch weiter abnehme, muss ich Puppenkleider tragen«, jammerte sie.

»Waren deine Eltern schon mit dir beim Arzt?«, erkundigte ich mich, während ich schnaufend und keuchend mit ihr Schritt zu halten versuchte.

»Klar«, antwortete sie mit ihrer winzigen Piepsstimme. »Der Arzt hat gesagt, ich soll fünf Milchshakes pro Tag trinken.«

»Ich wünschte, das hätte meiner auch gesagt«, seufzte ich.

Ich ließ mich vorsichtig auf ihrem Bett nieder, damit es nicht zusammenbrach. Aber kaum hatte ich mich hingesetzt, hörte ich das Geräusch von splitterndem Holz.

»Macht nichts«, sagte Shari leise. »Ich habe sowieso nicht mehr die Kraft hochzuklettern.«

»Wenn ich noch fetter werde«, beklagte ich mich, »komme ich nicht mehr aus dem Haus. Dann passe ich wirklich nicht mehr durch die Tür.«

Shari verschränkte die Arme. Ihre Finger waren so mager, dass sie aussahen wie Vogelkrallen. Mit dem schwarzen Haar, das von ihrem winzigen Kopf hing, und ihrem Bohnenstangenkörper hatte sie mehr Ähnlichkeit mit einem Wischmopp als mit einem Mädchen!

»Was machen wir denn nur?«, sagte sie verzweifelt.

Ich tätschelte die Kamera mit meinen Wurstfingern. »Schau, was ich mitgebracht habe«, erwiderte ich. »Ich dachte, vielleicht …«

»Was sollen wir denn mit der verdammten Kamera?«, piepste Shari aufgebracht. »Ich wünschte, ich hätte sie nie gesehen!«

»Ich habe eine Idee«, erklärte ich und schnippte eine Fliege weg, die sich auf meinen fetten Kinnen niedergelassen hatte.

Shari legte ihre spindeldürren Oberarme um sich, als sei ihr kalt. »Was für eine Idee?«

»Wir machen neue Fotos von uns«, antwortete ich. »Vielleicht sehen wir auf denen normal aus. Vielleicht machen sie uns wieder zu dem, was wir waren …«

Sie legte die Stirn in Falten. Ich konnte sehen, dass sie angestrengt nachdachte. »Das ist aber ziemlich riskant, oder?«, sagte sie schließlich.

»Hast du denn eine bessere Idee?«, fragte ich zurück.

Sie dachte wieder nach. Dann schaute sie auf die Kamera hinunter.

»Okay.« Sie nickte. »Lass es uns probieren.«

23

Ich versuchte auf die Füße zu kommen. Doch die Kraft in meinen Armen und Beinen reichte einfach nicht aus, um meinen tonnenschweren Körper hochzustemmen.

Bevor ich mich auch nur einen Zentimeter bewegt hatte, war Shari schon zu mir geschwebt und griff nach der auf meinem Schoß liegenden Kamera.

»Uff!«, stöhnte sie und ließ sie beinahe fallen. »Ist die schwer!«

»Das liegt daran, dass du so ein Fliegengewicht bist«, sagte ich und versuchte erneut vom Bett aufzustehen. Aber ich schaffte es wieder nicht.

»Bleib sitzen«, befahl Shari mir. »Ich mache zuerst eins von dir.«

»Okay.« Ich war einverstanden. »Hoffentlich bin ich auf dem Bild wieder schlank.« Ich hätte mir selbst gerne die Daumen gedrückt, aber meine Finger waren so fett, dass ich keine Faust machen konnte!

»Sag *cheese*!«, rief Shari und richtete die Kamera auf mich.

»Keine langen Vorreden«, stöhnte ich. »Mach einfach das Foto.«

Sie schaute durch den Sucher und legte den Zeigefinger auf den Auslöser.

Plötzlich ließ sie die Kamera mit einem Seufzer sinken. »Es … es ist zu riskant«, stammelte sie.

»Shari, jetzt mach schon!«, drängte ich. »Schau uns doch an. Schlimmer kann es gar nicht mehr werden, oder?«

Sie nickte bedrückt, seufzte noch mal und hob die Kamera wieder ans Auge. Sie hatte so wenig Kraft in ihren dünnen Ärmchen, dass sie sie mit beiden Händen festhalten musste.

»Okay«, sagte sie leise. »Ich kann nur hoffen, dass du auf dem Foto wieder normal aussiehst, Greg.«

Sie drückte ab. Geblendet vom Blitz, blinzelte ich.

Eine Sekunde später schoss das kleine, weiße Quadrat aus dem Schlitz. Sie zog das Bild heraus und kam zum Bett, wo sie sich federleicht neben mich fallen ließ.

»Gib schon her!«, rief ich und wollte nach dem Foto schnappen.

»He!«, warnte Shari. »Wenn du das Gleichgewicht verlierst und umkippst, zerquetschst du mich!«

Ich sah sie erschrocken an. Sie hatte Recht. Es war für sie wirklich lebensgefährlich, neben mir zu sitzen.

»Stell dich lieber wieder hin«, schlug ich vor.

Sie stand auf und wäre fast umgefallen, weil sie noch immer nicht daran gewöhnt war, so leicht zu sein. »Es entwickelt sich schon«, verkündete sie.

Sie hielt das Foto so, dass wir beide draufschauen konnten.

Wie immer kam zuerst das Gelb zum Vorschein. Ich versuchte angestrengt, etwas von meinem Gesicht zu erkennen.

Zeigte mich das Foto als Fettklops oder normal?

Das Gelb war zuerst noch blass. Ich konnte mein Gesicht nicht richtig sehen. Shari und ich starrten das kleine Pappquadrat an wie Kaninchen eine Schlange. Wir bewegten keinen Muskel, wagten nicht einmal zu blinzeln. Allmählich wurde das Foto dunkler.

Und plötzlich sah ich mich.

Mein Schwabbelgesicht. Meinen aufgeblähten Ballonkörper. Ich war noch immer monströs. Noch immer monströs fett.

»Neeeein!« Ich stieß einen lang gezogenen Entsetzensschrei aus. »Ich will doch nur wieder normal sein!«

Shari schüttelte traurig ihr winziges Köpfchen und

starrte auf das weiterhin dunkler werdende Foto. »Was ist denn mit deinem Gesicht?«, fragte sie plötzlich. »Igitt!«

Ich grabschte nach dem Bild und schaute es mir an. »O nein«, schrie ich. »Meine Haut ist total schuppig. Ich sehe aus wie ein Alligator.«

Shari nahm mir das Foto wieder ab. »Auf dem Arm hast du auch solche Schuppen«, stellte sie fest. »Sieht aus wie Reptilienhaut oder so.«

Kaum hatte sie das gesagt, fing es an zu jucken.

Ich blickte auf meinen Arm und sah, dass er mit roten Schuppen bedeckt war. Mit roten, juckenden Schuppen. Ich begann sofort mich zu kratzen, aber dadurch juckte es nur noch mehr.

Unter meinen Fingernägeln löste sich die Haut ab.

»Verdammt«, wimmerte ich. »Das juckt so erbärmlich!«

Ich kratzte mir erst die Arme, dann das Gesicht. Durch das Kratzen lösten sich immer mehr trockene Schüppchen von der Haut. Ganze Flocken schwebten zu Boden.

Shari wich ein paar Schritte zurück und ließ das neue Foto auf den Boden fallen. »Das ist ja wie im Horrorfilm!«, kreischte sie. »Du bist genauso fett wie vorher und jetzt schuppst du dich auch noch!«

»Mein Rücken juckt so!«, winselte ich. »Aber ich komme nicht dran!«

»Ich kratze ihn dir bestimmt nicht«, erklärte Shari bestimmt. »Das ist mir echt zu ekelhaft.«

Ich zog ein großes Stück schuppiger, roter Haut von meinem Handrücken ab. »Soll ich dich jetzt fotografieren?«, fragte ich Shari. »Vielleicht hast du ja mehr Glück.«

»Nein! Auf keinen Fall!«, rief sie. Sie trat noch ein paar Schritte zurück. »Ich will kein neues Bild. Das macht alles nur noch schlimmer.«

Sie verzog angewidert das Gesicht und schluckte. »Tut mir Leid, Greg«, würgte sie hervor. »Aber du siehst so grässlich aus. Ich glaube, mir wird schlecht!«

Ich versuchte mich am Nacken zu kratzen, aber meine Arme waren zu fett. Ich kam einfach nicht hin.

Ich wischte mir über die Stirn. Eine riesige Schuppe flatterte auf den Teppich.

»Weißt du was? Wir zerreißen die Fotos einfach!«, sagte Shari plötzlich.

»Was?« Ich sah sie verwirrt an.

Sie bückte sich nach dem Foto, das mich als Schuppenmonster zeigte. »Wir zerreißen sie alle«, drängte sie. »Ich bin mir sicher, dann werden wir wieder normal.«

Ich hörte einen Moment auf, mich wie ein Verrückter zu kratzen. »Glaubst du wirklich, dass das schon genügen würde?«

»Vielleicht«, antwortete sie. »Versuchen können wir es jedenfalls. Findest du nicht?«

Ich zog die ersten beiden Fotos aus meiner Hemdtasche. Das Negativ von Shari und das erste Fettfoto von mir.

»Ich zerreiße diese beiden«, schlug ich vor. »Du das andere. Mal sehen, was passiert.«

Wir hielten die Fotos hoch. Ich wollte schon loslegen, hielt aber plötzlich inne.

»Vielleicht *verschwinden* wir für immer, wenn wir sie jetzt zerreißen?«, rief ich aus.

Shari und ich starrten uns an. Unsere Hände verharrten reglos in der Luft, kurz davor, die Bilder in Fetzen zu reißen.

Sollten wir es wirklich tun?

24

»Nein!«, schrie Shari mit ihrer Piepsstimme. »Tu's nicht!«

Wir ließen beide die Hände sinken.

»Du hast Recht«, sagte ich. Ich zitterte am ganzen Körper. »Es ist zu gefährlich.«

»Wenn wir die Fotos zerreißen, zerfallen wir vielleicht auch in viele kleine Stücke«, sagte Shari. »Oder wir verschwinden ganz und gar und kommen nie wieder.«

Mir schauderte. »Ich mag gar nicht darüber nachdenken, was uns noch alles passieren könnte«, stöhnte ich. »Schau uns doch an. Was könnte denn noch schlimmer sein?«

»Vieles«, seufzte Shari. »Aber uns fällt schon noch ein, wie wir uns retten können. Wir müssen nur positiv denken.«

Ich starrte sie an. »Was hast du da gerade gesagt?«

»Dass wir positiv denken müssen«, wiederholte sie.

Positiv denken.

»Shari – du hast mich gerade auf eine geniale Idee gebracht«, rief ich.

Wir gingen mit den Fotos zu Kramers Fotokiste, wo mein Bruder arbeitet.

Es war ziemlich mühsam, dort hinzugelangen. Ich musste alle paar Schritte stehen bleiben, weil ich so außer Atem war. Und ich musste mich ständig kratzen. Und Shari festhalten, damit der Wind sie nicht davonwehte.

Das Geschäft war zwar nur acht Straßen entfernt, doch wir brauchten über eine Stunde, bis wir dort ankamen.

Als wir endlich den Laden betraten, fiel mir das Herz in die Hose. Ich konnte Terry nirgendwo entdecken.

»Er ist im Labor«, informierte uns Mr. Kramer, der Shari und mich neugierig anstarrte. Wir müssen ein komisches Pärchen abgegeben haben: ein Strichmännchen und ein Elefant.

Ich zog Shari zum Entwicklungslabor im hinteren Bereich des Ladens und klopfte an die Tür. Man darf auf gar keinen Fall ohne Vorwarnung die Tür zu einer Dunkelkammer aufreißen. Wenn Licht hineinfällt, sind die Filme ruiniert.

Wir warteten fünf Minuten, bis Terry uns aufmachte. Zuerst erkannte er mich gar nicht. Ich glaube, er hatte vergessen, dass sein Bruder in den vergangenen Tagen zweihundert Kilo zugenommen hatte.

»Igitt. Was ist denn mit deiner Haut los, Greg?«, erkundigte er sich und zog ein angeekeltes Gesicht. »Ist das ein Ausschlag, oder was?«

»Keine Ahnung«, erwiderte ich düster. »Kannst du mir einen Gefallen tun, Terry?«

Er zuckte mit den Achseln. »Worum geht's denn?«

Ich hielt die beiden Fotos hoch, die wir gemacht hatten. Das Negativ von Shari und das Bild, auf dem ich eine Tonne wog.

»Kannst du die für uns umkehren?«, bat ich ihn.

Er betrachtete die beiden Bilder eingehend.

»Wie ›umkehren‹?«, fragte er schließlich.

Ich seufzte. »Kannst du aus dem Negativ ein Positiv, also ein normales Foto machen und aus dem normalen Foto ein Negativ?«

Shari entfuhr ein kleiner Schrei, als sie begriff.

Wenn man die Bilder umkehrte, würde das vielleicht auch den Prozess umkehren, der unsere Körper zu dem gemacht hatte, was sie jetzt waren.

Terry würde aus Sharis Negativ ein normales Foto machen und sie würde ihr normales Gewicht wiedererlangen. Und sobald er mein Foto in ein Negativ umkehrte, würde ich abnehmen, so wie Shari.

Der Gedanke war gar nicht dumm. Ob es einen Versuch wert war?

Absolut.

Terry sah sich die beiden Bilder noch mal an. Er kratzte sich am Kopf. »Das ginge schon«, sagte er. »Aber ich habe echt viel zu tun. Wann braucht ihr sie denn?«

»SOFORT!«, schrien Shari und ich wie aus einem Munde.

Terry starrte erst uns an und dann wieder die Fotos.

Ich kratzte mich am Hals. Meine Arme waren so fleischig, dass ich sie kaum noch heben konnte. In ein paar Stunden, das wusste ich genau, würde ich zu schwer sein, um mich überhaupt noch fortzubewegen. Man würde mich in einer Schubkarre herumschieben müssen. Nein, in *zwei* Schubkarren!

»Bitte!«, bettelte ich.

»Ich habe wirklich keine Zeit«, sagte Terry.

»Dafür kriegst du die nächsten zwei Monate auch mein ganzes Taschengeld«, schrie ich.

»Okay, vielleicht schaffe ich es doch. Abgemacht«, antwortete Terry. »Wartet hier.«

Er verschwand im Labor. Wir blieben vor der Tür stehen und warteten. Und warteten.

Dies war mit Sicherheit die längste halbe Stunde meines Lebens.

Mr. Kramer, der am Tresen stand, warf uns immer wieder Blicke zu. Shari und ich bemühten uns, nicht auf ihn zu achten.

Ich hätte mich gerne gesetzt. Meine Füße taten weh, weil ich so viel Gewicht mit mir rumschleppen musste. Aber ich hatte Angst, dass der Stuhl unter mir zusammenkrachte. Und dann würde ich es nicht mehr schaffen aufzustehen.

Also blieben Shari und ich vor der Tür stehen und hofften und bibberten. Ob unser Plan gelingen würde?

Endlich ging die Tür auf und Terry kam heraus. »Da«, brummte er und gab mir die beiden neuen Fotos. »Vergiss nicht, dass du mir dein Taschengeld schuldest.«

»Vergess ich nicht«, versprach ich. »Danke, Terry.«

Ich betrachtete die neuen Bilder. Terry hatte es genau richtig gemacht. Ich hielt ein Foto von Shari in der Hand, auf dem sie in die Kamera starrte, und ein Negativ von mir selbst, auf dem ich zweihundert Kilo wog.

»Jetzt schleicht euch«, befahl Terry mit Blick auf Mr. Kramer.

»Los, macht schon. Sonst verliere ich noch meinen Job!«

Ich nahm Shari bei der Hand und zog sie aus dem Laden.

Arme Shari. Sie sah jetzt sogar noch bleicher und dünner aus als zuvor. Ihre mageren Hände schienen so zerbrechlich.

Wir traten aus dem Laden und bogen um die Ecke. Dort hielten wir an. Ich hob die Bilder so, dass wir beide draufschauen konnten.

»Klappt es?«, fragte ich. »Spürst du schon eine Veränderung?«

»Noch nicht«, erwiderte sie leise.

»Ich auch nicht«, sagte ich enttäuscht.

Wir starrten auf die neuen Bilder. Und warteten.

Wir blieben mindestens eine halbe Stunde so an der Straßenecke stehen. Wartend und auf die Bilder starrend.

Wir veränderten uns kein bisschen.

»Wir sind verdammt«, murmelte ich traurig. »Verdammt in alle Ewigkeit.«

Ein Stück Haut blätterte von meiner Stirn ab und flatterte auf den Gehsteig.

25

Am folgenden Morgen wurde ich noch vor dem Wecker wach. Ich streckte mich und gähnte. Dann machte ich mich daran, meinen schweren Körper aus dem Bett zu hieven.

»Eins, zwei, drei!«, rief ich, spannte jeden einzelnen Muskel an – und flog quer durchs Zimmer!

»Auuu!«, jammerte ich, als ich gegen die Wand knallte. Ich prallte von ihr ab. Fiel zu Boden. Sprang wieder auf.

»Was ist denn hier los?«, rief ich laut.

Ich rannte zum Spiegel und erblickte darin mein altes Gesicht. Meinen alten Körper.

Keine Fettwülste. Keine aufgeblähten Pausbacken. Kein aufgedunsener Ballonbauch.

Ich!

Mein gutes, altes Ich!

Ich zwickte mich in den Arm, fuhr mir übers Gesicht, zog an meinen Haaren, um mich zu vergewissern, dass ich nicht träumte.

Gott, war ich froh, mich wieder zu sehen!

Ich hüpfte aufs Bett, sprang auf und ab, ruderte mit den Armen und lachte und kreischte, so laut ich konnte.

»Es hat geklappt! Es hat geklappt!«, jubelte ich.

Mom und Dad stürzten im Morgenmantel ins Zimmer und sahen mich erschrocken an.

»Greg – was ist los?«

Plötzlich blieben sie erstarrt stehen. Mit großen Augen und aufgerissenen Mündern.

Mom quiekte vor Überraschung. Dad starrte mich stumm an.

»Du – du bist wieder *du*!«, stammelte Mom endlich.

»Du ... du ... du ...« Dad versuchte etwas zu sagen, aber er deutete nur stotternd mit dem Finger auf mich.

Und dann stürzten beide auf mich zu und umarmten mich fest.

»Ich wusste, dass du nur irgendetwas Falsches gegessen hattest«, sagte Mom glücklich. »Wahrscheinlich war es nur eine Art Nahrungsmittelvergiftung.«

»Eine Allergie«, fügte Dad hinzu, der endlich die Sprache wieder gefunden hatte. »Ich wusste doch, dass du bald wieder gesund sein würdest.«

»Ja, ich auch«, behauptete ich.

Was für eine Lüge.

»Du hast dich aber tapfer gehalten«, sagte Mom und wischte sich mit dem Handrücken eine Träne aus dem Augenwinkel. »Du hattest so eine optimistische Einstellung.«

»Ja. *Positiv* denken – das ist mein Motto«, erklärte ich.

Ich schlang mein Frühstück herunter und lief eilig zu Shari hinüber, die gerade aus der Haustür trat. Sie strahlte und hob triumphierend die Arme.

»Es hat geklappt, Greg! Es hat geklappt!«, rief sie glücklich.

Sie rannte auf mich zu. Ihre schwarze Mähne flog im Wind und sie lachte und jubelte. Sie war wieder normal!

Wir waren wieder normal!

Vor lauter Glück nahmen wir einander an den Händen und gaben im Vorgarten einen wilden Freudentanz zum Besten.

Als wir stehen blieben, um Atem zu schöpfen, verkündete Shari auf einmal: »Wir sollten uns beeilen, sonst kommen wir zu spät zur Schule. Ich kann es kaum erwarten, den anderen zu zeigen, dass ich wieder die Alte bin.«

»Ich auch!«, erwiderte ich. »Warte kurz. Ich muss nur noch schnell was aus meinem Zimmer holen. Bin gleich wieder da.«

Ich drehte mich um und rannte über den Rasen zum Haus zurück.

»Was holst du denn?«, fragte Shari, die mir hinterherlief.

»Die Kamera«, rief ich.

Sie hechtete mir hinterher. Als sie mich eingeholt hatte, packte sie mich an den Schultern und zwang mich dazu, stehen zu bleiben. »Greg – die Kamera? Wozu brauchst du die denn?«

Ich sah sie mit zusammengekniffenen Augen an. Meine Miene wurde ernst und ich senkte meine Stimme zu einem Flüstern.

»Um mich zu rächen«, stieß ich hervor.

26

»Tu's nicht, Greg!«, flehte Shari.

Doch ich hörte nicht auf sie. Ich wusste genau, was ich tun wollte. Was ich tun *musste.*

Ich stürmte ins Haus und lief in mein Zimmer hinauf. Dort holte ich die Kamera aus ihrem Versteck und eilte wieder nach draußen.

Shari erwartete mich unten. »Greg, das ist Wahnsinn!«, sagte sie. »Was hast du vor?«

Ich konnte nicht verhindern, dass sich ein hinterhältiges Grinsen auf meinem Gesicht ausbreitete. »Ich mache ein Foto von Mr. Saur«, gestand ich ihr.

»Nein!«, keuchte sie entsetzt. »Das kannst du nicht machen!«

»Und wie ich das machen kann«, sagte ich, noch immer grinsend.

»Aber … aber«, stotterte sie.

Ich marschierte mit weit ausholenden Schritten in Richtung Schule. Die Kamera hielt ich fest in beiden Händen.

»Greg, wenn du das tust, passiert irgendetwas Schreckliches«, prophezeite Shari mir.

»Ich weiß«, sagte ich. Ich konnte einfach nicht aufhören zu grinsen. »Und das geschieht dem alten Sauertopf auch ganz recht.«

»Bitte, Greg …« Sie versuchte mich aufzuhalten, aber ich wurde immer schneller, entwischte ihr.

»Es geschieht ihm ganz recht«, wiederholte ich. »Wieso will er mir meine wahre Geschichte auch nicht glauben. Und nennt mich vor der ganzen Klasse einen Lügner. Und gibt mir eine Sechs. Eine Sechs – für ein wirklich gutes Referat.«

»Aber, Greg …«, nahm Shari einen neuen Anlauf.

Ich ließ sie nicht zu Wort kommen. Ich war viel zu wütend. Und je näher wir der Schule kamen, desto mehr freute ich mich auf meinen Racheplan.

»Er versaut mir die Sommerferien«, erklärte ich. »Dabei ist er einfach nicht im Recht! Als ich fett war, hat er mich vor der ganzen Klasse lächerlich gemacht. Er hat mich vor allen anderen gedemütigt, Shari! Er hat mich gedemütigt.«

»Greg …«

»Er wollte mir wehtun«, fuhr ich fort. Hinter den

Bäumen sah ich bereits das Schulgebäude. »Glaub mir, Shari, der Mann verdient, was er bekommt.«

»Was hast du denn vor?«, fragte sie atemlos.

Ich blieb an der Ecke stehen. »Er hat von mir verlangt, ihm zu beweisen, dass die Kamera verhext ist. Gut, er wird seinen Beweis bekommen – und ich meine Rache!«

Ich schlüpfte in die Klasse. Die anderen saßen schon auf ihren Plätzen.

Mr. Saur stand mit dem Rücken zu mir und schrieb etwas an die Tafel. Ich stellte mich hinter ihn und wartete, bis er sich umdrehte.

Mein Herz klopfte wie wild und meine Hände zitterten so sehr, dass ich kaum die Kamera halten konnte.

Ich holte tief Luft und hielt dann gespannt den Atem an.

Endlich war der Moment gekommen. Meine große Chance.

»Mr. Saur?«, sagte ich ganz leise.

Er fuhr herum, als hätte ich laut gebrüllt. »Greg!«, rief er. »Du hast abgenommen.«

Ich reagierte nicht, sondern hob einfach die Kamera ans Auge.

Rache ist süß, dachte ich.

»Ich habe die Kamera dabei«, schleuderte ich ihm

entgegen. Meine Stimme klang laut und schrill. »Erinnern Sie sich noch? Die Kamera aus meinem Referat! Sie wollten einen Beweis dafür, dass sie verhext ist. Hier ist er!«

Ich richtete den Sucher auf sein erstauntes Gesicht und legte meinen Finger auf den Auslöser.

Da riss er mir die Kamera aus den Händen.

»Ach ja. Die verhexte Kamera«, meinte er und betrachtete sie. »Aber der Film ist doch viel zu schade für mich allein. Wir sollten *die ganze Klasse* damit aufnehmen.«

»Nein!«, rief ich.

Er wedelte mit der Hand. »Donny und Brian – rückt mal näher. Und du stellst dich mit dazu, Greg!« Er schob mich zu den anderen.

»Nein!«, flehte ich. »Mr. Saur … nicht!«

»So, und jetzt alle: Bitte lächeln!«

Es blitzte. Aus der Kamera schob sich ein weißes Quadrat.

Mr. Saur grinste mich an. »Ich glaube, ich habe die ganze Klasse drauf. Und was passiert *jetzt*?«

Ich schluckte. »Das … das werden wir bald sehen«, erwiderte ich. »Sehr bald.«

LESEPROBE

R. L. Stine

Das Geisterauto

GÄNSEHAUT Band 50

OMNIBUS Nr. 20926

»Häh? Wer hat da gesprochen?«, rief ich erstickt.

Ich wirbelte herum. »Wer ist da? Todd?«

Nein, niemand war hinter mir. Niemand stand in der Auffahrt.

Ich lief um das Auto herum zur Beifahrertür, um zu sehen, ob sich jemand auf der anderen Seite versteckte. Aber nichts.

Als ich zurück zur Fahrertür ging, hörte ich wieder die flüsternde Stimme: *»Komm. Fahren wir.«*

Ich zögerte, die Hand auf dem Türgriff. Mit gesenktem Kopf spähte ich zum Fahrersitz.

»Ist jemand da drinnen?«

Niemand.

Alles Einbildung, dachte ich.

Ich zog die Tür auf. Sie ließ sich so leicht öffnen, dass ich kaum ziehen musste. Das Deckenlicht ging an und ließ die cremeweißen Sitze leuchten.

Ich glitt hinter das Steuer und zog schnell die Tür zu.

Ich wollte nicht, dass die Deckenbeleuchtung an war. Sonst hätte man mich vom Haus aus leicht sehen können.

Ich setzte mich im Sitz zurecht und ließ meine Hände über das Steuer gleiten. Es war glatt und kalt.

Ich griff nach der Automatikschaltung neben mir und schaltete von Parken auf Fahren, dann zurück auf Parken.

Dann beugte ich mich über das Steuer und tat so, als würde ich fahren. Ich betätigte den Blinkerhebel, schaltete noch einmal.

Ich bin ein Rennfahrer, dachte ich. *Ich komme gerade um die hintere Kurve, fahre an der Menge vorbei und arbeite mich auf den ersten Platz vor*. Ich trat auf das Gaspedal.

Gib Gas, Mitchell. Gib Gas.

Los!

Ich schaltete noch einmal. Drehte das Lenkrad.

Ich fahre eine Haarnadelkurve. Gerate ins Schleudern. Verliere die Kontrolle.

Geh mit der Kurve mit! Geh mit der Kurve mit!

Ich musste gegenlenken. Bekam das Auto wieder unter Kontrolle. Donnerte die Zielgerade entlang. Ich konnte sehen, wie die grüne Fahne geschwungen wurde, weil ich gewonnen hatte.

Gewonnen!

Das Dröhnen der anderen Motoren, der Jubel der

Menge – der Lärm war ohrenbetäubend. Ich beschloss mit dem Auto noch eine Siegesrunde zu drehen.

Ich trat gerade auf die Bremse, als das Licht auf der Veranda anging.

Ich hielt den Atem an und griff fester nach dem Lenkrad. Ich starrte durch die Windschutzscheibe auf den hellen Lichtkegel, der über die vordere Veranda flutete.

Wer hatte das Licht eingeschaltet? Mom? Dad? Suchten sie nach mir?

Ich steige besser wieder aus, entschied ich.

Ich griff nach dem Türgriff und zog ihn zu mir hin.

Doch die Tür öffnete sich nicht.

Ich zog noch einmal an dem Griff und drückte meine Schulter gegen die Autotür.

Nein. Sie bewegte sich nicht.

Verschlossen. Die Tür muss sich selbst verschlossen haben, wurde mir klar.

Ich drehte mich zur Seite und suchte nach der Türverriegelung.

Nichts.

Ich ließ meine Hand an der Tür entlang nach unten gleiten, suchte dort nach der Verriegelung.

Wie hatte ich die Türen verschlossen? Verschlossen sie sich etwa automatisch?

Ich fand nichts, um die Tür zu öffnen. Panisch fasste ich wieder nach dem Türgriff und versuchte ihn diesmal hinunterzudrücken. Aber es ging nicht.

Jetzt riss ich den Griff erneut heftig zu mir her und warf mich mit dem ganzen Gewicht gegen die Tür.

Nein. Nichts.

»He … wie komme ich hier raus?«, rief ich laut.

Ich fand den Schalter für die Fenster und drückte ihn, um die elektrisch auf- und zugehenden Fenster zu öffnen.

Doch ohne eingeschalteten Motor funktionierte das nicht.

Noch einmal versuchte ich es mit dem Türgriff und drückte gegen die Tür. Schlug mit beiden Händen darauf ein.

Ich bin eingeschlossen. Eingeschlossen!

Mit klopfendem Herzen tastete ich wieder nach der Türverriegelung.

Ich hielt inne, als ich jemanden leise lachen hörte.

Es war das hohe Lachen eines Mädchens.

»Wer … wer ist da?«, rief ich atemlos.

Das Lachen hörte nicht auf. Es war leise, aber kalt.

»Wer lacht da?«

Ich drehte den Kopf zum Fahrerfenster und starrte in die Dunkelheit hinaus. Da erblickte ich ein Gesicht, das mich anstarrte.

Gänsehaut™ von R. L. Stine

Alle Bücher ...

1. **Der Spiegel des Schreckens**
OMNIBUS 20149
2. **Willkommen im Haus der Toten**
OMNIBUS 20150
3. **Das unheimliche Labor**
OMNIBUS 20151
4. **Es wächst und wächst und wächst ...**
OMNIBUS 20152
5. **Der Fluch des Mumiengrabs**
OMNIBUS 20153
6. **Der Geist von nebenan**
OMNIBUS 20236
7. **Es summt und brummt – und sticht!**
OMNIBUS 20308
8. **Die Puppe mit dem starren Blick**
OMNIBUS 20262
9. **Nachts, wenn alles schläft ...**
OMNIBUS 20263
10. **Der Gruselzauberer**
OMNIBUS 20355
11. **Die unheimliche Kuckucksuhr**
OMNIBUS 20356
12. **Die Nacht im Turm der Schrecken**
OMNIBUS 20023
13. **Meister der Mutanten**
OMNIBUS 20396
14. **Die Geistermaske**
OMNIBUS 20397
15. **Die unheimliche Kamera**
OMNIBUS 20398
16. **... und der Schneemensch geht um**
OMNIBUS 20399
17. **Der Schrecken, der aus der Tiefe kam**
OMNIBUS 20417
18. **Endstation Gruseln**
OMNIBUS 20418
19. **Die Rache der Gartenzwerge**
OMNIBUS 20419
20. **Der Geisterhund**
OMNIBUS 20432
21. **Die Wut der unheimlichen Puppe**
OMNIBUS 20463
22. **Mein haarigstes Abenteuer**
OMNIBUS 20464
23. **Gib Acht, die Mumie erwacht**
OMNIBUS 20465
24. **Wer die Geistermaske trägt**
OMNIBUS 20460
25. **Der Werwolf aus den Fiebersümpfen**
OMNIBUS 20461
26. **Die unheimliche Puppe kehrt zurück**
OMNIBUS 20462
27. **Es wächst weiter**
OMNIBUS 20537
28. **Der Kopf mit den glühenden Augen**
OMNIBUS 20538
29. **Hühnerzauber**
OMNIBUS 20539
30. **Wenn das Morgengrauen kommt**
OMNIBUS 20540
31. **Ich kann fliegen!**
OMNIBUS 20562
32. **Mein unsichtbarer Freund**
OMNIBUS 20593
33. **Der Schreckensfisch**
OMNIBUS 20596
34. **Die Geisterschule**
OMNIBUS 20598
35. **Das verwunschene Wolfsfell**
OMNIBUS 20604
36. **Um Mitternacht, wenn die Vogelscheuche erwacht**
OMNIBUS 20655
37. **Der Vampir aus der Flasche**
OMNIBUS 20657
38. **Der Schneemann geht um**
OMNIBUS 20659
39. **Die Geisterhöhle**
OMNIBUS 20694
40. **Panikpark**
OMNIBUS 20695
41. **Bei Anruf Monster**
OMNIBUS 20696
42. **Die Monster vom Fluss**
OMNIBUS 20697
43. **Fünf x Ich**
OMNIBUS 20711
44. **Rache ist ...**
OMNIBUS 20719
45. **Spürst du die Angst?**
OMNIBUS 20722
46. **Der Ring des Bösen**
OMNIBUS 20728
47. **Der Werwolf ist unter uns**
OMNIBUS 20458
48. **Das Versteck der Mumie**
OMNIBUS 20732
49. **Bitte lächeln!**
OMNIBUS 20923
50. **Das Geisterauto**
OMNIBUS 20926
51. **Der Geist ohne Kopf**
OMNIBUS 20930
52. **Das Geisterpiano**
OMNIBUS 20932
53. **Es atmet**
OMNIBUS 20937
54. **Fürchte dich sehr!**
OMNIBUS 20941
55. **Der Geist im Spiegel**
OMNIBUS 20968
56. **Das Biest kommt in der Nacht**
OMNIBUS 20982
57. **Das Phantom in der Aula**
OMNIBUS 20336
58. **Das Sumpfmonster**
OMNIBUS 21135
59. **Vollmondfieber**
OMNIBUS 21140
– erscheint im Juli 2002
60. **Die Nacht der glühenden Kürbisse**
OMNIBUS 21143
– erscheint im September 2002

OMNIBUS

www.omnibus-verlag.de

5079/1